変わり者と呼ばれた貴族は、辺境で自由に生きていきます 3

enbunbusoku
塩分不足
イラスト：riritto

Main Characters
主な登場人物
ユノ
三千年を生きる最古の吸血鬼。
ウィルを技術面で補佐する。
ウィル
大貴族グレーテル家の三男。
魔法を使えないが故に冷遇され、
辺境の領地を与えられる。
ソラ
ウィルに長年仕えている少女。
表情に乏しいが、非常に有能。

ヒナタ
ウィルと不思議な縁を持つ、
狐獣人の女の子。
イズチ
集落最強の戦士で、
もの静かな性格の犬獣人。
トウヤ
並外れた戦闘力を誇る
鬼族の青年。目つきは鋭いが、
妹思いの良いお兄ちゃん。

1　研究再開

名門グレーテル家の三男ウィリアム・グレーテルとして生まれた僕は、貴族の癖に魔法が使えないため落ちこぼれと呼ばれていた。

亜人種に肩入れする変わり者としても知られた僕は、十八歳になる年に何もない枯れた大地に追いやられた。でも僕は隠された【変換魔法】という力を駆使し、左遷先の土地で新しい亜人種たちの街を作るため、建物を造ったり、住人を集めたりしていった。

大変な日々だけど、僕を支えてくれる人たちもいる。

小さい頃から一緒にいるメイドのソラを始め、ニーナ、ホロウ、シーナ、サトラ、ロトンというメイドたち。頼りになる相棒で、長い時を生きる神祖《しんそ》のユノ。ドワーフのギランは建築の達人で、獣人の村で決闘したイズチとは親友と呼べる間柄になった。それから幼い頃に出会った狐の獣人ヒナタとも再会を果たし、僕の周りはいっそう賑やかになっていく。

僕が造った街を取り囲む事情も大きく変わった。

隣国とのトラブルと、それを巡る国王との交渉によって、ウェストニカ王国から独立することになったんだ。

そうして僕たちの街は、自由都市ウィルとして新たなスタートを迎えることになった。

王国から独立し、自由都市となった僕らの街では、今日も穏やかに時間が過ぎていく。季節は巡り、凍《い》てつく寒さは薄れ、現在は暑い日が続いていた。

「暑い……」

執務室で仕事をしている僕は、額《ひたい》から流れる汗を拭《ぬぐ》う。

空調設備を整えておいて良かったと、心から思った。

この土地には暑いときに五十度を超え、寒いときは氷点下という大きな寒暖差がある。

人が手を入れていなかったのなら、僕がこの領地に来る前のような、大地が枯れ果てる状態になるのも無理はない。

王国から離脱して二ヶ月ほど経過した。王国の庇護《ひご》をなくして最初は少し不安だったけど、今日まで何とかやっている。隣国からの襲撃もなく、大きな問題は今のところ発生していない。

ただ、色々と一気に変わってしまったから、僕を含めて全員が大忙しだ。

「さてと、ちょっと様子を見に行こうかな」

溜《た》まっていた仕事が一段落した僕は、執務室をあとにした。

廊下に出ただけで一気に気温が上がったのを感じ取る。そこから外へ出ると焼けるように暑い。

あまりに日差しが強いので、街の至るところに屋根つきの休憩所を設《もう》けたほどだ。

今もチラホラ利用している人が見られる。そのうちの一人が声をかけてきた。

「こんにちは、ウィル様」

「うん、こんにちは。今日も暑いから、水分と塩分を取るようにしてね」

「はい」

王国離脱の騒動をきっかけに、街にはさらに亜人がたくさん集まってきた。

中でも一番目立つ変化は、見上げるのも大変な大樹だろうか。ユダの大樹という、狐人たちの村にあった大樹を、ユノの開発した魔道具でこの街に移動させた。

大樹の中には以前は階段しかなかったけど、ギランとユノが協力して階層ごとに転移できる装置を設置した。これで移動がだいぶ楽になった。この装置は街全体で十ヶ所ほど設置されている。操作パネルで行き先を選択し、大きな台座の上に乗れば、十秒後に転送してくれる仕組みだ。

「こんなものまで作っちゃうんだから、やっぱりユノは凄いな～」

僕は感心しながら、転移装置で大樹の中層へ移動した。

大樹は上中下の三階層に分かれていて、下層が居住エリア、中層が商業エリアとなっている。そして今から僕が向かう上層には、大樹に住む狐人族の長《おさ》であるスメラギがいる。今ではちょっと高級な居住エリアだ。

上層へ到着すると、神社のような建物がある。その前で車椅子に座っている少女を見つけ、僕は近寄りながら声をかける。

「ヒナタ」

「ウィル！」

僕の声を聞き、ヒナタは嬉《うれ》しそうに振り返った。

「今日も来てくれたんだね！」

「うん、ちょっと様子を見にね」

「ありがとう！　とっても嬉しいよ」

僕はヒナタを王国から救い出したあの日から毎日、彼女の様子を見に来ている。特に用事がないときでも、こうしてふらりと訪れる。そういうとき、彼女はいつも僕に微笑《ほほえ》んでくれた。

「リハビリは順調？」

僕が尋ねると、ヒナタは元気よく頷《うなず》く。

「うん！」

ヒナタはよいしょっというかけ声とともに、車椅子から立ち上がった。

「見てて！」

ヒナタはそう言い、ゆっくりと歩き出す。

まだまだぎこちないけど、一歩一歩しっかり地面を踏みしめながら歩いている。

彼女は十年にわたって地下の牢獄《ろうごく》に捕らわれていた。

食事も粗末で栄養が不足し、動く機会もなかったから筋力が低下した。

再会したときには、かなり弱っていたヒナタだけど、今日まで毎日リハビリを頑張って、何とか一人で歩けるくらいには回復している。

「いいね、ヒナタ。ちゃんと歩けてる」

「うん！　まだ長い時間は無理だけどね。でもでも！　こんなこともできるようになったんだよ！」

彼女はステップを踏み、その場でクルリと回ろうとした。

しかし、勢い余ってふらつく。

「わっ！」

「──っと！」

倒れそうになったヒナタを、僕は慌てて抱きかかえた。

「危ないな～。あんまり無茶しちゃ駄目だよ？」

僕が注意すると、彼女は悪戯《いたずら》がバレた子供のように笑った。

「えへへ、ごめんね」

その笑顔を僕は、太陽のように眩《まぶ》しく感じる。

ヒナタは今でこそ底抜けに明るいが、牢獄を出てからの数週間は、表情がぎこちなかった。

自分の顔も見られない場所にいたから、笑い方がわからなかったと彼女は言っていた。

それでも僕と話しているときは、わりと自然に笑ってくれていたから、皆とは違う反応に少しだけ優越感を覚えたりする。

「ウィル」

ヒナタの声に、僕は振り返る。

「ん？」

「いつか自由に歩けるようになったら、一緒にどこかへ遊びに行こうよ」

「うん、もちろんいいよ」

「約束だよ？」

念を押すヒナタに、僕は笑ってみせた。

「約束だ」

この約束が、彼女を励《はげ》ます力となりますように。


ある日の夕暮れ。僕は一人、ユノの研究室を訪れた。

「入るよ」

僕の声に反応したユノがこちらを振り向く。

「ん、何じゃ主《ぬし》か」

「うん。今時間あるかな？」

「また惚気話《のろけばなし》か」

ユノはムスッとした表情でそう言った。

「ち、違うよ！」

僕は慌てて否定したけど、ユノは呆れたような顔をする。

「どうだかのう。最近の主ときたら、ことあるごとにヒナタとかいう狐娘の話ばかりしよる」

「そ、そうかな？」

「自覚なしか。あまり一人に構ってばかりいると、皆から愛想《あいそ》を尽かされるぞ？」

「気をつけます」

今日のユノは何だか機嫌が悪いみたいだ。色々と話があって来たんだけど、この様子だと日を改めたほうがいいかもしれない。そう思った僕が、とぼとぼと研究室を出ようとすると、ユノに引き止められた。

「どこへ行くのじゃ？」

「えっ、いや……間が悪そうだったから帰ろうかと」

「話があるのじゃろ？　ならさっさと済ませよ」

「いいの？」

僕が尋ねると、ユノは仏頂面《ぶっちょうづら》で答える。

「初めから駄目とは言っておらんが？」

「でも何か、怒ってたし……」

「主よ……むしろこの状況で帰られるほうが不愉快じゃぞ」

「じゃ、じゃあ話すね」

やっぱり機嫌が悪いのは確かだ。ここは言葉を選びつつ、滞《とどこお》りなく話を進めるようにしなければ。

いつもより緊張しながら僕は話す。

「相談なんだけどね？　そろそろ亜人の研究を本格的に再開しようかと思ってるんだ」

「ほう、どうしてまた？」

「今までは領地開拓で忙しかったけど、最近はそうでもないでしょ？」

「まあそうじゃな。人数こそ増えたが、生活の基盤ならとうに整っておるわけじゃし」

「うん。だからそろそろかなぁーって」

最近はできていなかったが、僕は亜人種の成り立ちについて研究している。この世界に突如として誕生した亜人種たち。そこに隠された謎を解き明かし、彼らを理解することが僕の夢なのだ。

研究はユノにも協力してもらっている。ただ、この領地へ移ってからは、開拓や諸々の問題で手一杯で、研究を進める余裕がなかった。

ここへ移ったばかりの頃は、何もないまっさらな荒野だったけど、現在開拓は概《おおむ》ね完了しているといっても過言ではない。

僕は話を続ける。

「正直に言うとね？　この街にたくさんの亜人種が集まってくるたびに、研究のことを思い出してウズウズしてた」

「そうじゃったのか」

「うん。でも僕は領主だから、皆のことを優先して考えなきゃって思って我慢してたよ」

しかし最近は急ぎで必要な設備も、対応すべき問題も特に起きていない。

今しかないと僕は思っていた。

「また遺跡を探索したり、研究を本格化させるなら、ユノにも手伝ってもらいたいんだけど……いいかな？」

ユノは顎《あご》に手を当てて考えるそぶりをした。

「ふむふむ、そうかそうか。そんなにワシに手伝ってほしいのか？」

「えっ、うん」

いきなり聞かれて、僕は反射的に頷いてしまう。

するとユノは嬉しそうな表情になる。

「ふんっ、仕方がないのう！　主にはワシがおらんと駄目なようじゃな」

さっきまで不機嫌だったのに……まあ、機嫌が直ってホッとした。

ユノが研究の段取りの話に入る。

「で、主よ。何から進める？　どこから取りかかるんじゃ？」

「えーっと、それなんだけどさ。前に皆を街に引き入れるために色々な場所へ行ったよね？」

「行ったのう。ワシの扉を使ってな」

「その途中で、新しい遺跡を三ヶ所くらい見つけたのって覚えてる？」

「あぁ、そういえばあったのう」

エルフの森、狼人《おおかみびと》の雪山、セイレーンの海。

以前訪れたこの三ヶ所の近くで、僕らは大昔に造られた建造物を発見している。

あのときは探索する余裕がなかったけど、もしかすると亜人種の謎に繋《つな》がるヒントが隠されているかもしれない。

僕はユノに提案する。

「ひとまずその三ヶ所を探索してみない？　他にも世界各地には遺跡が点在しているから、三ヶ所を調べ終えたら各地を巡ってみたい」

ユノは腕を組んで頷く。

「良いのではないか？　あの三つはワシも初見じゃし、有益な情報が眠っておるかもしれん」

「よし！　だったらどこから回ろうか」

見た目や規模はどこも似たような感じだった。あとは周辺の環境とか、扉からどれくらい離れているかが考慮すべき点になる。

「エルフの森かセイレーンの海じゃな」

「ちなみにどうして？」

即答したユノに僕は尋ねた。すると――

「寒いのは嫌じゃ」

「……」

子供じみた理由だった。

何となく彼女ならそう言うんじゃないかと予想はしていたよ。

僕はやれやれと首を横に振る。

「別にいいけど、雪山もいずれ行くからね？」

「……」

ユノは無反応だった。さっきまでの上機嫌はどこへやら。雪山に行きたくないオーラがにじみ出ている。

「そんなに嫌なの？」

「嫌じゃな」

「だったら仕方がないね。雪山だけは他の誰かと一緒に――」

またしても即答したユノに、僕がそう言うと――

「やっぱり行くのじゃ」

「えぇ？」

急に手のひらを返したので、唖然《あぜん》とする。今日のユノは何か変だ。

「他の女子《おなご》と行くくらいなら、ワシが行ってやるわい！」

「別に女の子とは限らないけど……でも行ってくれるんだね？」

「……うむ」

ちょっと間があったけど言質《げんち》は取った。

とはいえ、また駄々《だだ》をこねられると面倒だし、嫌なことは早めに済ませたほうがいいと思って僕は告げる。

「じゃあ雪山から探索しよう」

「……主は鬼か」

「これでも純粋な人間だよ」

こうして最初の目的地は、極寒の雪山に決定した。

雪山出身のホロウの話では、以前訪れたときに見舞われた大寒波はすでに収まって、気象は安定しているらしい。それをユノに説明したが、彼女は案《あん》の定《じょう》ぶつぶつと文句を口にしていた。

嫌がるユノを無理やり引っ張り、僕らは探索に向けて準備を進める。

「うぅ……また遭難《そうなん》でもしたらどうするつもりじゃ〜」

ぐずぐずとごねるユノに、僕は再度説明する。

「今度は大丈夫だよ。ルートはわかるし、前みたいに天気が荒れるのは稀《まれ》って話だから」

「主よ……稀というのはゼロではないんじゃぞ？」

「知ってるよ。そのときはすぐに引き返せば問題ないから」

今回は急ぐ理由もないので、もし続行が困難な場合は、大人しく引き返して日を改めれば良いだけだ。あれこれ言いながら、僕らは準備を進めていった。

翌日の早朝――

外は灼熱《しゃくねつ》の地獄と化す中、僕とユノだけはそんな気候にそぐわない格好をしている。

全身しっかりと着込んで、風を通さないように防御済みだ。

「暑いのじゃ……」

「仕方がないよ、ユノ。この扉を潜《くぐ》ったら、一気に寒くなるからね」

そう言う僕も服の中は汗がにじんできている。しかし、寒波が収まっているとはいえ、現地の気温は氷点下。これくらい着込まないと、前回みたいにユノは気絶してしまうだろう。

「早く行くぞ」

ユノが急《せ》かしてくるので、僕はちょっと意地悪に返す。

「あれ？　さっきまで行きたくないって言ってたのに」

「やかましいわ！　ワシは暑いのも嫌いなんじゃ」

「ははは、じゃあ出発しようか」

ユノはからかいがいがある。まあ、行く気になってくれて良かったよ。僕らはさっそく扉を潜り、雪山へと移動した。

「寒いのじゃ！」

ユノの叫びが真っ白な景色に木霊《こだま》する。

「そう？　前よりマシだと思うけどなぁ」

「どこがじゃ！　普通に寒いではないか！」

「そりゃーまあ、このくらいは寒いよ」

僕は手持ちの温度計で気温を確認した。現在の気温はマイナス三十度だ。

それをユノに伝えると、彼女はまた駄々をこね出した。

「やっぱりワシは帰る！　こんな寒いところにいられるか！」

「ちょっと！　駄目だよ。行くって決めたんでしょ？」

「嫌じゃ嫌じゃあ！　帰って暖かい布団で二度寝するんじゃ！」

ユノは子供みたいに叫び始めた。これには僕も呆れてしまう。

普段は頼りがいがある彼女も、極限の寒さには勝てないのか。もしくはこっちが素なのか。

どちらにしろ、このままじゃ先へ進めない。

「しょーがないな〜」

僕はそう言って彼女をお姫様抱っこする。

「よっと！　ユノは軽いね」

「なっなな、何をするんじゃ！」

「だってこうしないと、いつまで経《た》っても出発できないでしょ？」

僕はユノを抱えたまま歩き出す。

「急に触れるでないわ！　驚くじゃろ！」

ユノは態度こそ変わらないが、嫌がるそぶりはない。

「はいはい、だったら自分で歩く？　嫌なら下ろすよ」

「むっ……しばらくこのままで良い」

ユノは頬を赤らめながら、僕の胸に顔を寄せる。

「寝ないでよ、ユノ？」

「こんな状況で寝られるか」

「前は寝てたよね……」

僕らは軽口を交わしながら先へ進んだ。しばらく行くと、ユノから下ろしても良いと言われた。

さすがに観念したらしく、今は隣を歩いている。ただ相変わらず文句はタラタラだ。

「まだかのう……」

「あと二十分くらいだよ」

「そんなにあるのか……雪の上は歩きにくいのじゃ……」

地面には新しい雪が積もっていて、踏みしめると足が沈む。かなり歩きにくいのは確かだ。

僕は少し慣れてきたけど、ユノは全く慣れないとぼやいている。

「二ヶ月くらい前に、うちの領地でも雪が積もったよね？　ちょっとは慣れたと思ってたけど」

僕がそう尋ねると、ユノは当然のように応える。

「ワシがあの時期に外へ出たと思うか？」

「……出てないんだね」

「愚問じゃな」

ユノはなぜか偉そうに言い切った。

よくよく思い出してみると確かにそうだ。雪が積もったあとは、外出するユノの姿をほとんど見ていない。

ずっと研究室でぬくぬくしていたわけか。

「来年は無理にでも外に出てもらおうかな」

僕が意地悪くそう言うと、ユノは本気で怯《おび》えた表情を浮かべた。

「主、やはり鬼か」

「この際それでもいいかな～」

そんな冗談を話しながら、僕らは歩を進めた。

目的の場所に到着した僕らの前には、大きく雪で盛り上がった小山があった。僕はそれを見ながら呟く。

「確かここだったんだけど……雪で入り口が埋もれてるね」

「なら帰るかのう」

僕はきびすを返そうとするユノの腕を掴《つか》んで言う。

「いや、雪をどけるよ」

「……わかったのじゃ」

僕らは雪かきの要領で、入り口を塞《ふさ》いでいる雪をどけた。

寒波の間はずっと吹雪が続いていたみたいで、予想よりもたくさん積もっていた。三十分くらいかけて、何とか除雪を終える。身体を動かしたから、少し温まった。

雪をどけた場所に出現したのは、石でできた四角い入り口だ。そこから階段が下へ続いている。

僕はユノを振り向いた。

「それじゃ行こうか」

「うむ」

僕らは遺跡の内部へと足を進めた。

2　雪山のダンジョン

中に入ってすぐの階段はかなり長いようで、先は暗くてよく見えない。僕らはあらかじめ用意しておいたランタンに火を灯《とも》し、周囲を照らしながら階段を下る。

「……寒い」

ユノが両腕で身体を包むようにして呟いた。

「そうだね」

「中に入れば平気かと思ったが、全く変わらないではないか」

「でも風はないし、外よりはマシでしょ？」

「少しの差じゃがのう」

ユノの愚痴《ぐち》を聞きながら、僕は先へ進んだ。しばらくすると階段が終わり、長い一本道に差しかかった。

どうやらこの遺跡はかなり広いらしい。これまでに探索してきた遺跡は、こんなに地下深くなかったし、もっと狭かった。

今回はそれらの何倍も大きい可能性がある。その分、高まる期待も倍増だ。

「あっ、分かれ道だね」

「じゃのう」

目の前には二手に分かれた道がある。

僕はユノにお願いして、内部構造を魔法で調べてもらった。

「むっ……どちらも先まで続いておるが、かなり入り組んでおるのう。まるで迷路じゃ」

僕はユノに尋ねる。

「そうなの？　どっちが正解かわかる？」

「少し待て。最深部へ到達できるルートを割り出しておる」

彼女の能力でわかるのは構造までだ。実際の景色やそこに何があるのかは見て確かめないとわからない。とりあえず、一番奥に続いている道を探してもらおう。

「こっちか？　いや違うのう……なら次の道を……あぁ、もう間違えたのじゃ！」

道順の割り出しには五分くらいかかった。

イライラしながら調べるユノを見て、かなり複雑な構造になっていることを察する。やっぱりこれまでの遺跡とは違うようだ。

「よし、こっちじゃな」

ようやく探査が終わったらしいユノに、僕は声をかける。

「お疲れ様」

「まだ早いぞ。そのセリフはここを出てからじゃ」

ユノに案内され先へと進む。

彼女が言っていた通り、進めば進むほど道は分かれ、入り組んでいる。

もし一人で来ていたら、確実に迷子になっていただろう。ユノが一緒で良かったと心底思う。

「ねぇユノ、これって何の遺跡だと思う？」

僕が聞くと、ユノはなぜか表情を曇《くも》らせ、呟くように言う。

「遺跡というより、むしろ……」

「ユノ？」

「いや、まだ確証がない。今の段階では何とも言えんのう」

「……そっか」

ユノは途中で意見を引っ込めてしまった。僕は意味ありげな言い方に疑問を感じながらも、奥へ進んだ。そして変化はすぐに訪れた。

突如、ドゴンッという大きな音が鳴り響き、大地が崩れるかと思うくらい揺れ始めた。

「なっ、何だ？」

「気をつけるのじゃ！　何か迫ってきておるぞ！」

揺れに耐えながら、ユノが叫んだ。

しばらくして揺れは収まった。しかしその代わりに、別の音が近づいてきた。

「足音？」

「……やはりそうなのじゃな」

迫り来るソレを見て、ユノは何かを確信したらしい。

僕らの前に現れたのは、氷でできたゴーレムだった。

ユノが再び声を上げる。

「ワシがやる！　主は下がるんじゃ！」

「わ、わかった！」

彼女の【空間魔法】は、場所と場所を繋ぐだけではない。魔力を込めた手を振れば、柔らかい土を掘るように、空間そのものを抉《えぐ》り取れる。ユノはその力でゴーレムの上半身を抉り、弱点である核ごと破壊した。

「ユノ！　まだ来るよ！」

「わかっておる！」

倒したゴーレムの後ろから、ぞろぞろとゴーレムが隊列を組んで迫ってきた。さらに逆の方向からも足音が聞こえる。

振り返ると、武器を持った骸骨《がいこつ》の魔物スケルトンが道を埋め尽くしていた。

「挟まれたか……仕方ない」

僕の声を聞いて、ユノが焦ったように叫ぶ。

「待つんじゃ！　主は戦っては――」

「大丈夫！　そっちに集中して」

ユノは以前変換魔法を使って倒れた僕を心配して、変換魔法を使わないように忠告してくれたのだ。だけど心配はいらない。こんなこともあろうかと、戦う準備はしてきた。

僕は懐《ふところ》から、黒く光る魔道具を取り出す。

この魔道具は特殊な鉱石を材料にした弾丸を、火薬の爆発で発射するものだ。一般には銃と呼ばれているものを改良して、片手で持てるサイズまで小さくした。

元々は魔法を使えない人々が魔法に対抗するために開発した武器だけど、生産コストのせいで発展が止まってしまった代物《しろもの》だ。

そのサンプルを手に入れ、僕とユノで改良して、連射と正確な射撃を可能にした。

また弾丸の材料としている鉱石は、世界一硬いと言われているウルマタイト鉱石だ。スケルトンくらい簡単に撃ち抜ける。

僕はその銃で敵をあらかた片付け、ユノのもとに歩み寄った。

「こっちは終わったよ」

「ワシもじゃ」

お互いに無事を確かめ合い、戦いは一段落する。

「主はまた懐かしいものを持ってきよったのう」

僕が持っている銃を見て、ユノがしみじみと言った。

「ははっ、そうだね。この銃を作ったのは二年くらい前だっけ？」

「たわけ、もっと前じゃ」

この魔道具は、研究の気晴らしで作った。銃なんて危険だし、使う機会なんてないと思っていたけど、人生はわからないものだ。まさかこんな形で活躍するなんてね。

「それにしても、さっきのゴーレムとスケルトンは一体……」

ゴーレムは自然発生する魔物ではない。誰かが意図的に生み出した兵器だ。

これまでの遺跡には、迷い込んだ魔物こそいたけれど、こんな仕掛けは用意されていなかった。

ユノが腕を組んで考え込む仕草をする。

「あれは遺跡の防衛システムの一種じゃな。侵入者を排除するため、遺跡の建造者が準備しておったのじゃろう」

「防衛システム……」

「これで確信が持てたわい。ここはただの遺跡ではなく、ダンジョンじゃ」

ダンジョン、もしくは迷宮。

数千年前を生きた誰かが、自分の生み出したものを世に残すため造り出した貯蔵庫だ。

世界各地でいくつか発見されており、調査・研究が進められている。

僕は未知の建造物に興奮を隠せない。

「ダンジョン……本では読んだことあるけど、実際に見るのは初めてだよ」

「ワシも攻略者側に立つのはこれが初じゃな。何度か造っておるところを見学したことはあるが」

「そうなの!?」

そっちのほうが貴重な体験だよね。凄く羨《うらや》ましいよ。

「じゃあこの先に、何かが隠されてるってことで間違いないんだね」

僕が確認すると、ユノは皮肉交《ま》じりに言う。

「うむ、十中八九そうじゃろ。こんな場所にあるダンジョンなぞ、誰も探索しに来んじゃろうし」

確かにここは極寒の雪山だ。雪に埋もれてしまえば、入り口だって見つけられない。そういう意味では、僕らはとても運が良かったというべきなんだろう。

寒い中探索することになったユノ的には、不運かもしれないけどね。

「それで、どうするのじゃ？」

僕は周囲を見渡しながら答える。

「凄く興味が湧いたよ。亜人の情報はどこに眠っているかわからないし、進んでみよう」

「まあ、主が言うなら構わんが……」

ユノは心配そうな表情で僕を見つめる。

「弾丸はいくつ残っておるんじゃ？」

「十三発の弾倉が四本かな。あんまり持ってきてないよ」

「そうか……」

この先へ進むなら、さっきのような戦闘は避けられないだろう。

彼女が心配しているのは、僕が変換魔法を使わないといけない状況になって、また無茶をしないかということだ。

ユノの気持ちを察した僕は、安心させるように笑って言う。

「大丈夫だよ」

「主の大丈夫は信用ならん」

「えぇ……」

「日頃の行いじゃ。反省せい」

「ご、ごめん……でも――」

「わかっておる。進みたいんじゃろ？」

僕は頷く。ユノは呆れ顔でため息をつく。

「はぁ……仕方ないのう。主はなるべく戦うでない。戦闘はワシに任せるんじゃ」

「うん、よろしくね」

そう言いつつも、いざとなったら僕は戦うと思う。それこそユノに危険が及ぶなら、自分の身なんてどうなろうと構わない。僕は自分がそういう人間だと知っているし、彼女も重々わかっているはずだ。そんな僕を見てユノは、もう一度ため息を漏らす。

そうして僕らはダンジョンの最深部へ歩を進めた。


その後、何度か襲撃にあったものの、順調にダンジョンの深部に向かっていた。

しかし、僕はちょっとだけ落胆していた。

「ダンジョンって、もっとこうトラップとかがあるイメージだったなぁ」

若干の不満をにじませて呟くと、ユノが首肯《しゅこう》した。

「そのイメージで合っておるぞ」

「でも今のところ全然ないよね？　このダンジョンだけ特別なのかな？」

「いいや、トラップならたくさん設置されておるわ」

「そうなの？」

ユノの言葉に驚いて聞き返すと、彼女は頷く。

ユノはあれから、再度空間魔法でダンジョン内を調査していた。ルートが合っているのかを確かめるためだ。

その様子から何もないものだと思っていたが――

ユノは話を続ける。

「トラップにかかりたいなら、このルート以外を進めば良いぞ」

なるほど。トラップを避けた道を選んでいたのか。

あれ、でも――

「ユノ、ここって正解のルートなんだよね？」

「そうじゃな」

「だったらこのルートにトラップを仕掛けるべきなんじゃないの？」

トラップは侵入者の行《ゆ》く手を阻《はば》むための仕掛けだよね。それなのに正解ルートにはなくて、外れルートに仕掛けてあるのは変じゃないかな？

僕の疑問にユノが答えてくれる。

「そのあたりは考え方の違いじゃな」

「どういうこと？」

「前にダンジョンを造った奴が言っておったわ」

攻略者のほとんどが、さっきの僕のように正解のルートにこそトラップが多いと思っている。逆にトラップが少ないと、この道は違うのではないかと錯覚する。

その錯覚のせいでせっかく正しい道を進んでいても、引き返してしまう者が多い。

説明し終えたユノは、最後に注釈をつける。

「まあ、あくまで一つの心理じゃな。全員がこれに当てはまるわけではない」

「でも、このダンジョンを造った人は、そういうことを考えて造ったってことだよね」

「かもしれんのう。結局は推測でしかないが」

ダンジョンも所詮は人が造り上げた建造物。その人物の思考が反映されているが、それは想像するしかない。

「僕もいつか造ってみたいなぁ」

僕が呟くと、思いがけずユノが賛同してくれる。

「良いのではないか？　そのときはワシも協力してやろう」

「本当かい？」

「うむ。しかし造るのは良いが、一体何を隠すつもりなんじゃ？」

「あぁ……考えてなかったよ」

「呆れた奴じゃな……主らしいが」

ユノと僕は笑った。

ダンジョンに隠すものは、世に残したい何かだと決まっている。

僕が世に残せるものって何があるのかな？　いつかダンジョンを造るときまでに、ちゃんと考えておかなくちゃね。

そんな話をしていると、僕らはいつの間にか、ダンジョン最深部までたどり着いていた。

目の前には、仰々《ぎょうぎょう》しい扉がある。

扉には茨《いばら》のような模様の装飾が施されていて、異質な雰囲気をかもし出している。

僕はユノに尋ねる。

「扉の向こうはどうなってるの？」

「大きな空間が広がっておるよ。そのさらに奥に小さな部屋がある。おそらくそこが宝物庫じゃな」

僕は頷いて、さらに質問を重ねる。

「仕掛け……とかは？」

「さぁの。今のところは何もないはずじゃ。じゃが宝が隠された場所じゃ。気を抜くなよ」

ユノに忠告され、僕はごくりと息を呑《の》んだ。

この扉の先に何が待っているのか。それは行ってみないとわからない。

それを確かめるために、僕はゆっくりと扉を開ける。

「ひ、広い……」

扉の先には、ユノが言った通り大きな空間が広がっていた。

真っ白な壁に囲まれた部屋だ。

ただただ広いだけで、何もないように見える。大きさだけなら、街にある闘技場《とうぎじょう》よりも広いんじゃないか？　天井もかなり高い。

「中へ入るぞ」

そう言って脇をすり抜けていくユノのあとを追う。

扉を潜り、大きな部屋に足を踏み入れる。その瞬間、後ろで扉がバタンと勝手に閉じた。

「えっ!?」

僕は慌てて扉を確認した。しかし、鍵をかけられたのか、びくともしない。押したり引いたり、蹴ったりもしたけど意味はなかった。

「閉じ込められたようじゃな」

落ち着いた声でユノが言った。彼女の様子を見て僕も冷静になった。そうだよ。いざとなったら彼女の魔法で脱出すれば良い。

「ふぅ……ん？　あれって……」

僕は部屋の奥へ目を向けた。

そこには金色の装飾が施された別の扉があった。ただし、このとき僕が注目したのはそこじゃない。

扉の手前に、赤く丸い宝石のようなものが浮かんでいたのだ。

そのとき――

バキッ！

赤い宝石を中心に、氷の花が咲いた。その花は氷のツルを地面に伸ばし、そのツルからまた花が咲いていく。周囲を氷のツルや花で埋め尽くした後、奥にある赤い宝石の周囲の花やツルが人の形に変わっていった。

その姿は、ドレスを着た高貴な女性のようだ。さしずめ【氷の女王】といったところか。

そいつが僕らに右腕を向けると、氷のツルが一気に襲いかかってきた。

「下がれ、ウィル！」

ユノが僕を押しのけて前に出る。押し寄せるツルを空間魔法で抉り取って防御した。

「ユノ！　これって……」

「主の想像通りじゃよ。ワシらを阻む最後の番人じゃな」

「やっぱり……じゃあこれを突破しないといけないわけか」

僕は懐から銃を取り出した。道中でも使ったから、残りは弾倉が二本と弾丸五発だけ。

合計三十一発。これで氷の女王を攻略できるのか。

「とりあえず――」

僕は氷の女王の頭を狙った。どうやら氷の女王が周辺のツルを操っているらしい。

僕は女王さえ破壊できれば、攻撃が収まると思ったが――

その目論見《もくろみ》は甘すぎた。僕が撃ち出した弾丸は女王に見事に命中したものの、破壊された頭部はすぐに再生したのだ。

「やっぱり駄目かぁ」

するとユノが襲いくるツルに対処しながら、アドバイスをくれる。

「狙うなら核じゃ」

「核？　もしかしてさっき浮いてた赤い宝石？」

「うむ。あれを破壊できればワシらの勝ちじゃよ」

「なるほどね。といっても……」

肝心の核はがっちりガードされている。

近づけば大量の氷のツルに搦《から》めとられて、氷漬けにされること間違いなしだ。

こういうときは、僕の変換魔法で太陽でも作れば簡単なんだけどなぁ。

「却下じゃ」

僕の考えを察したユノが制止する。

「まだ何も言ってないよ？」

「言わずともわかるわ。無茶はするなと言ったじゃろう」

「は、はい……」

「ワシが突っ込む。核ごと抉り取ってやるわい」

僕は慌てて止める。

「突っ込むって、危険だよ！」

「ワシは神祖じゃぞ？　氷漬けにされた程度では死なんから安心せい」

そう言って、ユノは氷の女王へ向かおうとする。

しかし、僕は彼女の腕を掴んだ。

「だからって、ユノが傷つくのは嫌だよ」

我ながら情けないセリフだと思う。代わりに僕が行くと言えればよかった。だけど、そんなことを言えば、ユノに怒られてしまう。

それでも僕は、死なないから大丈夫とか、そんな風には考えたくなかった。

そんな僕の気持ちを察したのか、ユノが俯《うつむ》いて言う。

「ならば主が守ってくれ。ちょうど良いものも持っておるしのう」

ユノの言葉に僕は頷く。

「わかった」

「そんな顔をするでない。ワシも少しは本気を出そう」

ユノはパチンと指を鳴らした。

彼女は紫色の魔力を纏《まと》い、その魔力は八匹の蛇の頭に変化する。

「空間を食らう蛇、ワシの奥の手じゃ」

ユノの力に僕はただただ驚くばかりだ。

「初めて見たよ……」

「使うのは数百年ぶりじゃからのう。ほれ、そろそろ行くぞ！」

「うん！」

ユノは真っ直ぐ駆け出す。僕は右へ回り込むように走る。

氷のツルが突っ込んでいくユノに襲いかかった。

しかし、正面から迫るツルは、ユノの蛇が食らいつき呑み込む。顕現《けんげん》した蛇の顎には、彼女の空間を抉り取る力が宿っているらしい。その力を振りかざし、氷の波を押し戻していく。

僕の役割は、ユノの死角からの攻撃を防ぐことだ。右へ大きく回ったのも、距離を保ちながら援護するため。ユノには突っ込むことに集中してもらわないと。

「抜けたぞ！」

ユノが氷のツルを抜け、立ちはだかる氷の女王の前に出た。

すると今度はツルではなく、氷の棘《とげ》がユノに襲いかかった。

しかし――

「そんなものでワシを止められると思うな！」

ユノは空間魔法で全てを抉り取る。もはや理不尽にすら思える力だ。彼女が味方で良かったと心から思う。

核は目の前、あとは破壊するだけだ。

ユノの後ろからさらなる攻撃が迫っている。だが、ユノは全く気にしていない。なぜなら彼女は、僕を信じているから。

「させないよ」

僕は呟いて銃弾三発を撃ち込む。氷の刃は破壊され、その直後にユノが攻撃を加えた赤い宝石も砕け散った。

部屋一面に広がりつつあった氷の舞台は、鮮やかな音を立てて壊れていった。

氷の砕ける音は切なく、虚《むな》しく聞こえる。

花もツルも消え、最後に残った頭部が砕けて、氷の女王は完全に消滅した。

もはや部屋には何も残っていない。僕とユノだけがいる。

「お疲れ様だね。ユノ」

「主ものう」

僕らは労《ねぎら》いの言葉を交わし合った。

僕はユノの視線が僕の持っている銃を見ていることに気付く。

「もう弾切れだね。最後の三発でギリギリだったよ」

「嘘はつかんで良い」

「えっ……」

僕はドキッとした。ユノは続ける。

「弾ならとっくに切れておったじゃろ?」

「……もしかして数えてた?」

「うむ」

「ははは……参ったなぁ〜」

僕は誤魔化《ごまか》すように笑った。まさか撃った弾数を数えていたなんて予想外だったよ。彼女の指摘した通り、本当はギリギリ足りたんじゃなくて、ギリギリ足りなかったんだ。

氷の女王の攻撃が彼女の背に迫ったときには、もう弾倉は空っぽだった。

僕は正直に白状する。

「だからとっさに変換魔法を使っちゃったんだよ。それにしてもよく数えてたね」

「主ならもしや……と思ったからのう。まあこればっかりは叱れんな。おかげで助かったのじゃ」

「どういたしまして」

あれ、ちょっと待てよ？

弾切れだって気付いていたのなら――

「最後どうして、振り返らずに攻撃できたの？」

弾切れに気付いたなら、僕が援護できなくなったとわかるはず。

それなのにユノは、一切振り返らず、目の前の女王を倒すことだけを考えていたように見えた。

確かに彼女は神祖で、大抵のダメージはすぐ治癒《ちゆ》できるけど、痛みに強いというわけじゃない。

前に痛いのは嫌いだと言っていたし、性格上捨て身の攻撃なんてしないと思ったんだけど。

するとユノは、何を当たり前のことを、とでも言いたげな表情を浮かべた。

「主なら、止めたとしても変換魔法を使うに決まっておるからのう」

僕なら無茶してでも助けてくれると、彼女は信じてくれていたらしい。

「恐れ入りました……」

僕が苦笑しながら言うと、ユノはちらとこちらを見た。

「皮肉か？」

「ううん、感謝だよ」

「そうか」

その後、僕らは部屋の奥にある閉ざされた扉の前に移動した。黄金の装飾が施された扉は、いかにも何かを隠していそうな佇《たたず》まいをしている。

ユノの能力で再度確認してもらったけど、間違いなくここが最後の部屋らしい。

期待を胸に、扉をぐっと押した。

「重いなぁ」

一体何年、何十年間閉ざされていたのだろう。

それほど扉は重く、軋《きし》んだ音を立てた。

「ここが……最後の部屋なの？」

「うむ」

僕が声を漏らすと、ユノは頷いた。

率直な感想を言えば、ただの部屋だ。仰々しい扉と強力な番人に守られていたとは思えない。質素で暗く、こぢんまりとしている。雰囲気だけなら、ユノの研究室に似ているかもしれない。

四畳半くらいの部屋の奥に机と椅子が一つずつ。左右の棚には古い本がずらりと並んでいる。足元には埃《ほこり》を被った箱がいくつか置いてある。

「思っていたのとだいぶ違うけど……」

がっくり肩を落とす僕に、ユノも同意する。

「ワシもじゃな。とりあえず、そこにある箱でも開けてみるかのう」

「そうだね」

僕らは一番手前にあった箱を開けることにした。鍵《かぎ》はついているけどかかってはいないようだ。

蓋《ふた》の埃を軽く払ってから、かぱっと開ける。中に入っていたのは、輝く黄金だった。

「おぉ！　ユノ、これって財宝だよね？」

「じゃな。ダンジョンらしく残しておったか」

「他のも開けてみよう」

床に転がっていた箱は四つ。残り三つのうち二つは、一つ目と同じように金の財宝だった。

しかし四つ目だけは違った。

「これは……何かの器かな？」

僕が手に取ったそれは、保存状態があまり良くなく、錆《さ》びて所々欠けている。

僕はユノに尋ねる。

「これ、何かわかる？」

「……いや、見た目だけでは何とも言えんのう。持ち帰って調べてみるとしよう」

「そうだね」

ふと、僕は奥にあった机に目を向ける。机の上には一冊の本が置いてあった。

「何の本だろう？」

僕はその本を手に取り、パラパラと中を覗いた。しかし、読めなかった。本は劣化が激しく、文字が掠《かす》れてしまっていたのだ。さらに使われていた言語は、見たこともないものだった。

僕はユノに本を見せる。

「ユノなら読める？　僕にはさっぱりなんだけど」

「貸すのじゃ」

ユノに本を手渡すと、彼女はページをめくる。

「どれどれ……これはあれじゃな。ワシの生まれた時代の文字じゃ」

「えっ、そんなに昔の本なの？」

つまりこのダンジョンは、数千年前に建造されたってこと？

じゃあ左右にある本も、その時代に書かれた書物なのか。それなら、貴重な情報源になるかもしれない。

しばらくして、ユノが本から顔を上げた。

「うむ。これは本というより、日記じゃな」

「日記？」

僕が聞き返すと、ユノは頷く。

「ほとんど読めんが日付が書いてある。タイトルもないようじゃし、おそらくそうじゃろう」

この部屋にあるということは、ダンジョンを建造した人物の日記だろう。一体どんな内容なのか気になった。

劣化が激しいので、このままでは読めないけど、持ち帰って復元することになった。

3 王女様との約束

ダンジョン探索から帰還した僕らは、さっそく入手した物品の調査を開始した。大量にあった財宝は、今後の資金源として活用する予定だ。

王国の庇護下を離れた今、自分たちの力で街を運営する資金を集めなくてはならない。

今のところ自給自足は成立しているものの、この状況が今後何十年と持続するとは限らないのだ。何事も準備が大切だからね。

とまあ、現状をつらつらと話していると、呆れたような言葉が返ってくる。

「調子の良いことばっかり言っちゃって……それもこれも私のおかげなんだから、ちゃんと感謝してちょうだい」

「感謝はしてますよ。レミリア王女」

「言葉じゃなくて行動で示してほしいわね」

この日は偶々《たまたま》、レミリア王女が僕の街を訪れていた。ウェストニカ王国国王の娘であるレミリア王女とは、王都にいる頃からの付き合いだ。グレーテル家の長男――つまり僕の兄上であるユリウス・グレーテルに彼女は恋心を抱いていて、僕はその恋路の協力をしていた。

この街はもう王国の外なのに気軽に来たりして大丈夫なのかと思ったけど、どうやらお忍びらしい。ただ、何か用があったのではなく、暇だったから様子を見に来たそうだ。

「王国との貿易権……王女様の協力がなければ得られませんでしたよ」

王国を脱した際、王女様から国王に直接お願いし、今後も貿易をしてくれるように取り計らってもらった。

「本当にそうよ。まあでも、あなたがお父様を適度に脅《おど》してたから、そんなに苦労しなかったわ」

「適度にって……あれはちょっとやりすぎましたよ」

亜人の解放と王国からの独立を国王に告げた日。僕は変換魔法を盾に国王に迫り、交渉を半《なか》ば強要したのだ。

しかし、王女様は涼しい顔をしている。

「別に良いのではなくて？　あれくらいしなきゃ、お父様を動かせなかったわ」

「そうですかねぇ」

そうだとしても、力で脅すなんて方法は良くない。未だに反省しているし、もっと良い方法があったのではとも思う。何より僕の気分が最悪だった。

「だけど、どうして協力してくれたんです？」

僕が尋ねると、王女様は僕の目を見つめた。

「どういう意味かしら？」

「いやほら、僕ってもう王国民じゃないですし、グレーテル家との縁も切れているんですよ？」

そう、僕は王国を離れる際に、実家のグレーテル家から追放された。国王にたてついたのだから、当たり前だ。

だから以前のように、兄上と王女様を近づけるための協力がほぼできなくなった。

彼女が僕に協力してくれるのは、兄上ともっと仲良くなりたいからで、それ以外はどうでもいいはずだった。少なくとも、僕の知っている王女様はそういう人だ。

「今の僕に協力しても、そこまでの見返りは期待できないと思うんですが」

「あなたねぇ……自分で言っていて悲しくならないの？」

呆れたように言う王女様。しかし、僕は否定できない。

「はぁ……まあ確かに私とあなたの関係から考えれば、あなたとご実家の縁が切れた時点で、こっちも縁を切るべきだったかもしれないわね」

僕もそう思っている。だから、彼女がこうして協力してくれている事実に驚いている。

そんな僕に王女様は呆れながら、そして昔を懐かしむように話す。

「だけどね。何だかんだ言っても、私たちって長い付き合いでしょ？」

「まあそれなりに」

「私にとっての最優先はユリウス様だけど、あなたとこうして話すのも嫌いじゃないのよ。私の本性を知っていて、気兼ねなく話せる人なんて、あなたくらいしかいないわ」

そんな風に思っていたのか。

僕は彼女を、自分の目的以外には無頓着《むとんちゃく》で、周りなんてどうだって良いと思っているのだと考えていた。だけど、どうやらその認識は改めないといけないらしい。

王女様は恥ずかしそうにモジモジしながら、僕に何かを言おうとしている。

「だから、その……勝手にだけどあなたのこと、友人だと思っていたわ」

僕はその言葉にとても驚いたが、同時にとても嬉しく感じた。

「王女様……それなら僕もそう思って良いですか？」

「——えぇ、仕方ないから特別に許してあげる」

王女様は、今まで見せたことのない満面の笑みでそう答えた。

僕は不意にドキッとしてしまう。ほとんどの男は、今の笑顔を向けられただけで、彼女を好きになってしまうだろう。

王女様は照れ隠しするように、勢いよく言葉を継いだ。

「これからも色々と手伝ってもらうわよ！」

「可能な範囲でよければ」

僕が答えると、王女様は頷く。

「それで良いわ。あと王女様じゃなくて、レミリア様と呼びなさい」

「わかりました。レミリア様」

「うん、良い感じね！　ちゃんと様はつけるのよ？　そうじゃなきゃ威厳《いげん》が感じられないもの」

「ははっ、レミリア様らしいですね」

「当然よ！　私は何があっても私だもの」

レミリア様の新しい一面を知ることができた。まさか王女様と友人になれるなんて、自分でもびっくりだ。

何となくだけど、僕も僕の周りも、少しずつ変化しているように思う。関係性や心情、立場や目的も変わってきている。そう感じる。

「じゃあ私はそろそろ帰るわ。あんまり遅くなると怪しまれちゃうから」

王女様改めレミリア様が席を立つ。

「途中まで送っていきましょうか？」

「いいえ結構よ。それより私から注文を一つ」

「何です？」

「次に来るときまでに、この暑さを何とかしておいて」

外に出て、降り注ぐ日差しに手をかざしながら、レミリア様はそう言った。

日差しは乙女にとって大敵なのよ！　なんて言葉も付け加えて。

僕は苦笑して答える。

「わかりました。何とかしておきますよ」

「ええ、じゃあまた」

「はい。また来てください」

レミリア様のセリフ。つまり、また近いうちに遊びに来るということかな。

仕方ない、そのときまでに準備しておこうか。

レミリア様が帰ったあとで、僕は街を少しぶらついた。建物も人も増え、いっそうの賑わいを見せていた。そしてほとんどの住民が、額から汗をタラタラと流している。

たった十数分歩いただけで、僕も全身から汗が滝のように流れていた。

「これは確かに……早く対処しないとなぁ」

降り注ぐ日差しに耐えながら、僕は屋敷へ戻った。


その翌日、僕はメイドたちとユノ、さらにギランを加えて話し合いの場を設けた。議題はもちろん、日に日に強くなる暑さ対策だ。

最初に屋敷のメイド長を務めるソラが、簡単に現状を説明する。

「一月下旬現在で、日中の平均気温は三十五度。記録されている最高気温は、四十二度にも及びます」

僕はその数字にうなりながら、ソラに尋ねる。

「このレベルの暑さが、残り三ヶ月は続くんだよね？」

「その通りです。付け加えるなら、月を跨《また》ぐごとに暑さは増します」

過去の資料や現状の変化をもとに計算すると、最終的な到達気温は日中で五十度を超えるらしい。

そのあとに来るのは、極度に乾燥した季節だ。

なるほど、これで僕らが最初にこの領地を訪れたときの荒れ模様が完成したのか。

セイレーンのメイド、サトラが頬に手を当てながら言う。

「暑さで体調を崩す人も増えてきているみたいですね」

「病院は大賑わいですよ」

そう付け加えたのはエルフのシーナだ。

シーナの言う病院とは、少し前に建設した医療施設のことだ。

治癒系の魔法を使える者たちを主に配置している。サトラとシーナの二人も治癒魔法を使えるので、時々手伝っているのだ。

そこでは、ホロウの故郷の雪山で手に入れた万能薬も活躍中だ。

ちなみに二人の報告では、現在は一日に五、六人が脱水症状で運ばれてくるらしい。

「病院でも適度な水分・塩分摂取を促しています。でもこれ以上暑さが増すとなると、ベッドの数も足りませんよ」

「そうだね、サトラ……暑さ対策と並行して、病院のベッド数増床も検討しよう」

僕はサトラの懸念に対応策を考えることにして、話を進める。

「他の皆は大丈夫かな？　ソラは？」

「私はまだ耐えられる暑さです。私よりもニーナとロトンは大変そうですね」

ソラの視線の先には、ぐでーっと机に顔を伏せる猫獣人のニーナがいた。

「そうだよ、ウィル様～。あたし暑いの苦手だもん」

ニーナがだらしないのはいつもだけど、最近は特に酷《ひど》い。本当に暑さのせいなのかと疑いたくなるけど、隣にはぐったりした犬獣人のロトンの姿がある。

二人は同じ獣人族だから、暑さに弱いのだと僕は察し、声をかける。

「大丈夫か？　ロトン」

「は、はい、何とか……部屋の中は涼しいですから」

ニーナやロトンのような獣人種は、暑さに弱く寒さに強い。そういう点では、狼人のホロウもかなりきついようだ。

ホロウは僕のほうを見て、弱々しく笑う。

「狼人は獣人の中でも暑さに極端に弱いんです。だからもう……皆も参っていました」

ずっと雪山で生活していた彼女たちには、この暑さは初体験だろう。今のところ、病院に運ばれてくる脱水患者の四割が、狼人族らしい。

僕はユノに意見を求める。

「ねぇユノ、何か良い案はないかな？」

「うむ、そうじゃのう。日差しが原因なら、新たに結界を展開して一部を遮《さえぎ》ってみるか？」

ユノは少し考えたあと、そんな提案をしてきた。

「そんなことできるの？」

「さぁのう。やってみんとわからんが、試す価値はあると思うのじゃ」

今はなんでも試してみたい。僕はユノの考えに乗ることにした。

「だったらやろうよ。僕も手伝うからさ」

「決まりじゃな」

ある程度方針が決まったところで、僕は皆を見回す。

「それじゃあ、他には何かないかな？」

「はいはーい！」

先ほどまで萎《しお》れていたニーナが元気よく手を挙げている。

「はい、ニーナ」

「プールだよ、プール！　皆で遊べるプールを造ろうよ！」

ニーナが何やら楽しげな案を口にすると、人魚とも呼ばれるセイレーンのサトラが頷く。

「良いかもしれないわね。暑さを凌《しの》ぎつつ楽しめると思うわ」

同意が得られて得意げになったニーナが、僕を振り向く。

「やった！　サトラさんのお墨付きだよ！　ねぇねぇ、ウィル様はどうかな？」

「うん、僕も良いと思うよ」

遊びたい気持ちが駄々漏れなのはさておき、プールを造るという意見には賛成だ。

「それなら俺も一枚噛めそうだなぁ」

待ってましたと言わんばかりに話に入ってきたのは、建築を任されているドワーフのギランだ。

ギランはさらにいくつか提案する。

「どうせならとびきりでかくしようや！　ただの水溜まりじゃつまらねぇだろ？」

「さすがだね。もしかして、もう構想があるのかい？」

僕が尋ねると、ギランはにやりと笑った。

「まあ大まかにな。あとで他の奴らにも意見を聞いて、設計図を作るぞ」

「意見集めなら僕がやるよ。街の皆にも聞いておかないといけないしね」

「おう頼むぜ、旦那《だんな》！　まあこんな状況じゃ、誰も嫌なんて言わねぇだろうけどよぉ」

「そうだね。僕もそう思うよ」


その後、住民に意見を聞いたけど、案の定反対意見は出なかった。

むしろ早くできてほしいから、自分たちも手伝いたいと名乗り出てくれた。ありがたく協力してもらおう。


こうして僕らは暑さ対策を開始した。

具体的には熱を遮る結界と、遊泳施設の建設。

遊泳施設のほうはギランに一旦任せて、僕はユノと結界作りに取りかかる。

「あのさ、ユノ」

「何じゃ？」

ユノと研究室へ入った僕は、率直な疑問を彼女に投げかける。

「実際どうなの？　熱だけを遮る結界なんて作れるのかな？」

「理論上は可能じゃと思う」

僕が続きを促すと、ユノは彼女の考えを説明する。

「そもそも結界は単なる障壁ではない。すでに展開されておる結界も、入れるものと阻むものを選択しておるじゃろ？」

「あぁ、そういえばそうだったね」

この街には二種類の結界が展開されている。一つは魔物の侵入を阻む結界。もう一つは、悪意のある者を阻む結界だ。

「そう考えると意外に簡単なのかな」

僕の言葉にユノが呆れた声を出す。

「たわけか主は？　簡単なはずないじゃろう。むしろ今ある結界より何倍も難しいわい」

「えっ、そんなに？」

僕としては、魔物を退けたり、悪意を検知したりする結界のほうがよっぽど難しそうなんだけど。

「理由を教えてもらってもいい？」

「構わんが、作業を進めながらでも良いか？」

「もちろんだよ。お願いします」

「うむ」

僕はユノの指示通りに作業を手伝いながら、彼女の説明に耳を傾ける。

結界とは単なる壁ではない。ある領域の出入りを選択、制限する高度な魔法の一つ。

簡単な障壁であれば誰でも作れるが、一部を対象に出入りを制限する場合は、複雑な式を組み込む必要がある。

ここで一番難しいのは、対象を絞ることだ。より狭い範囲に対象を限定するほうが難しく、エラーが生じやすい。

魔物や人といった大きな括《くく》りなら比較的容易だ。また悪意や思想によって人を判別し、出入りを制限することも、完璧でなくても良ければ難しくない。

しかしこれから造ろうとしている結界は、熱を遮るためのものだ。

熱を生んでいるのは太陽の日差し。ならば日差しを遮断すれば良いか？　そんなことをしたら、一日中真っ暗になるだけ。

遮るのは、太陽光の中でも熱を生じやすい光のみだ。

説明を終えたユノが、僕に確認する。

「わかったかのう？」

「いや、うん……なんというか、大変なのはわかったよ」

細かい原理とかも説明されたけど、僕には理解できなかった。

ユノがやれやれと首を振る。

「まあそれで良い。じゃからこれが完成しても、暑さを完全に無効化することはできぬよ」

「だけど少しでも和らげば良いよ。さすがに五十度なんていったら、僕らでも耐えられないだろうし」

「ワシの計算上は、それを四十度までは抑え込める」

「十分だよ」

それでもホロウとかは大変かな。ニーナとロトンも今でさえ、ぐったりしている。

これはいっそうプールの建設に力を注がないといけない。

「あっ！」

そこで僕はあることを思い出した。

「何じゃ急に？　ワシの説明に間違いでもあったか？」

「いや違うよ。そういえば、ダンジョンから持ち帰った器とか色々、全然調べてないなと思ってさ」

本当なら僕もユノも、今頃研究に没頭しているはずだったんだけどね。暑さ対策でそこまで手が回らなかった。

「仕方ないじゃろ。街のほうが優先じゃ」

「そうなんだけどさぁ……思い出したらまた気になってきたよ」

「やめろやめろ、ワシまで気になるじゃろ」

ダンジョンの最後の部屋の棚に並んでいたたくさんの本には、まだ目を通せていない。それに日記の内容も気になる。

あとは一つだけ箱に入っていた器も……あー駄目だ。こんなことを考えていると集中できない。

暑さの解消は街の皆が待ち望んでいるんだ。

「今はこっちに集中するんじゃ」

ユノの言葉に僕は頷く。

早く研究に取り組むためにも、今は目先の課題を終わらせよう。

幸いなことに結界造りはこれが初めてじゃない。何度か経験しているから、要領はわかっている。

大変なのは暑さだけを通さないよう式を構築するユノだ。

僕の役目は、彼女がそっちに集中できるようにサポートすること。

作業は昼も夜も続き、ユノは睡眠も取らずに奮闘した。


次の日の夜――

「ユノ、少し休んだら？」

「あと少しじゃ。このペースなら朝には間に合う」

丸一日作業を続けるユノに僕はたまらず声をかけるが、彼女は自分の手元に集中している。

「そっか……」

「主こそ寝たらどうじゃ？　ワシに合わせんでも良いぞ」

「僕は慣れてるから。元々睡眠時間も短いほうだし」

「主は人間なんじゃし、適度に睡眠を取らんと身体に悪いぞ。そういえば、ダンジョンで変換魔法を使ったじゃろ？　あれから身体に変化はないかのう」

逆に心配されてしまった。僕はユノに笑ってみせる。

「うん、今のところ大丈夫だよ。久しぶりに使ったけど、ちょこっとだったし倒れることはないと思う」

「そうか、ならば良い」


その後、僕らは夜通し作業を進め、朝日が昇る頃には、新しい結界が完成した。

完成した結界は薄い水色をしている。

空の青に溶け込むから、結界があるのかどうかもわかりにくい。

僕はその日、夜まで眠って、翌日からギランに合流した。次はプールの建設に取りかかる。

まだまだ忙しい日が続くぞ。

4 水のアトラクション

新しい結界が完成したことで、街の暑さはいくらか和らいだ。ほんの数度の変化だけど、外で作業する人にとっては嬉しい変化だろう。

ただし、この暑さはまだまだ序の口。来月にはさらに日差しが強くなる。

せっかくなら、この暑さだからこその楽しみを提供したい。そんな思いで、僕とギランはプール建設に取りかかる。

「どうせならよぉ、公園みたいな感じにしてぇんだよなぁ～」

ギランがプールの構想を語った。

「公園みたいな？　えっと、遊具を作るってこと？」

僕が尋ねると、ギランはにやりと笑う。

「普通の遊具じゃねぇぞ？　水を取り入れた遊具だ！　一応イメージはできてんだが、まあ試行錯誤してくしかねぇな」

「へぇ～、そのあたりはギラン任せだからよろしくね」

「おうよ！」

「その前に場所と広さを決めないとだね」

とはいっても、場所に関しては目処《めど》が立っている。大樹の近くが、未だに広く空いたままだ。何に使おうかとずっと迷っていた場所だった。

「あそこなら広さも十分でしょ？」

僕がギランに提案すると、彼も賛成の様子だ。

「だなっ！　どうせならよぉ、広さも住人全員が入れるくらいにしてぇな」

「そ、それはさすがに無理なんじゃ……」

頑張って領民を集めていた頃と比較して、この街の人口は大幅に増えた。

狐人の加入と、王国に捕らわれていた亜人種たち、それから各地に隠れ住んでいた者が押し寄せ、今ではなんと一万人を突破している。しかも、噂を聞きつけて領民になりたいという亜人種は、まだまだ絶えない。

もしかすると、いつか世界中の亜人種がここへ集まってくるかもしれない。そんな日が来たらいいなと、僕は夢見ている。

「そのくらいの意気込みで行こうって意味だ。まあ現実的な話をすると、せめて数千人は入れるようにするぞ」

それでもかなりの規模だけど……まあ、ギランが言うなら何とかなるかな。

「そうだね。それならできるかも」

「んじゃ、さっそく設計図を作るぜ」

僕とギランは完成予想図を作り始める。まずは建設予定の場所へ行き、周囲の状況などを確認する。さらに近くの建物などに影響がないかなども調べていく。

「あれだな。大樹に近づきすぎると、ほとんど日が入らねぇな」

ギランの意見に僕も同意する。

「大樹は大きいからね。日陰は涼しくて良いと思うけど」

「常に日陰なのも気分的にどうだかな～」

確かにそうかもしれない。ただ、やっぱりこの暑さを凌げる場所はある程度確保したい。その旨を僕はギランに伝える。

「でも完全に日陰から出しちゃうと大変だよ？　ほら、遊び疲れたときに休む場所も必要でしょ？」

するとギランが折衷案《せっちゅうあん》を出してきた。

「だったら半分くらいは日陰に入るようにしちまうか。そっち側に更衣室やら飲食スペースも造れば良いんじゃねぇか？」

「うん、それが良いと思う」

飲食スペースを設けるなら、出店してくれる人を募《つの》らないといけないね。

「それと、これは可能ならっていう提案なんだけどね？」

「何だ？」

僕はギランに考えていることを話す。

「寒い時期には温水に変えて利用できるようにしたいな、なんて」

「おぉー良いと思うぜ？　そんなら開閉可能な屋根を造ったほうが良いか」

ギランのアイデアに、僕は頷いた。

「うん、寒い時期は室内にできればいいね」

「了解だ」

僕らはその後も検討を続け、ようやく予想図が出来上がった。

半円状の建物の中に、様々なアトラクションとプールを造る。暑い時期は天井を開き、寒い時期や雨の日は、天井を閉じることでいつでも遊べるように設計した。

「なぁ旦那、俺からも一つ頼みがあるんだが、聞いてくれるか？」

「うん、何かな？」

ギランが言うには、プールを建設するにあたって、必要不可欠な人材がいるそうだ。

それを聞いた僕は納得し、ギランと二人でユノのいる研究室へ向かう。

「ワシに頼み？」

頼みたいことがあると言って押しかけると、ユノはきょとんとして繰り返した。僕は事情を説明する。

「うん。プールを造るんだけど、それにユノの力がどうしても必要なんだって」

「ほう、詳しく聞かせてもらえるかのう」

すると、ギランが前に出た。

「俺から説明させてくれや」

ギランの話はこうだ。

今のところ考えているアトラクションは、水の流れを利用するものだ。流れを意図的にコントロールするには魔道具がいる。その製作にユノの力を借りたいということだった。

「ふむふむ……なるほどのう」

話を聞き終えたユノが顎に手を当てて考え込む。

「どうかな？　手伝ってくれる？」

「主も望んでおるのじゃろう？　なら断るつもりはないのじゃ」

僕のお願いをユノは快く引き受けてくれた。ギランも大喜びだ。

「助かるぜ！　ユノの嬢ちゃんがいてくれりゃー百万人力だ！」

「うむ！　大船に乗ったつもりで頼るが良いぞ！」

二人は大きな声で笑い合っている。前々から思っていたけど、ユノとギランは気が合いそうだ。

ユノの協力を得られたことで、施設造りは本格化する。住人にも協力者を募り、大人数で作業が開始された。

物資は地下資源をメインに、足りない場合は王国から仕入れる。久しぶりの大掛かりな建築で、僕は最初の開拓の頃を思い出す。

懐かしさを感じながら作業は続き、たくさんの人の協力のおかげで、一ヶ月後にプールを含めた遊泳施設は完成を迎えた。


二月に入り、気温はさらに上昇した。

展開されている新結界をもってしても、最高気温を四十度に留めておくのが限界だ。

そんな中、待望の遊泳施設が満を持してオープンする。

「わぁ～、凄い賑わいだね！」

隣ではしゃいだ声を上げたのは、ある程度一人で歩けるようになったヒナタだ。僕らはプールで遊ぶ皆の様子を眺めていた。

「皆楽しそうで良かったよ。それよりも、ヒナタはもう一人で大丈夫なんだね」

「うん！　まだ走ったりはできないし、長い時間は疲れちゃうけどね」

そのときは車椅子で移動しているらしい。それでも彼女の努力には感心させられる。

「それでも凄いよ。頑張ったんだね」

「ありがと。でも今は、もっと別のところを褒めてほしいかなぁ～」

ヒナタは甘い口調でそう言った。

彼女は水着を着ていて、見せつけるような仕草をしている。

僕だってさすがに気付くよ。少し照れくさいけど、彼女が言ってほしい言葉をかけてあげようと思う。

「可愛いよ。よく似合ってる」

「えへへ、ありがと」

ちょっと良い雰囲気になったところで、こちらをじとーっと見ている視線に気付く。

「ちょっとちょっとー！　あたしたちもいるんだよ、ウィル様ぁー！」

声を上げたのはムスッとした表情のニーナ。

他のメイドたちも一緒に来ていて、それぞれの個性に合った水着を着ている。

「わかっているよ。皆も来てくれてありがとう」

僕はメイドたち皆にお礼を言った。

今日の目的は遊ぶこと……ではなく、完成した施設の視察だ。実際に体験してみて、課題があれば改善に活かす。

僕一人だと大変なので、皆にも協力してもらっている。

しかし、ユノは残念ながら参加できなかった。

吸血鬼であるユノにとって、この日差しの中で素肌を晒《さら》し続けるのは、さすがに応えるらしい。

「さてと、じゃあさっそく行こうか」

僕の号令で皆ぞろぞろと歩き出す。

ここには様々なアトラクションが用意されている。

中でも一番人気は、もっとも大きく目立つあの滑り台だ。

水流を利用した巨大な滑り台で、くねくね曲がったり、急に傾斜が強くなったりと、スリルを味わえる。

子供用と大人用で二種類用意されていて、誰でも楽しめるようになっているのも魅力の一つだ。

「大人気のようですね」

「うん、凄い列だ」

最後尾に並ぶ僕らの前には、長蛇《ちょうだ》の列ができていた。ソラの言った通り大人気みたいだ。

「ヒナタ、いきなりこれで大丈夫？」

僕が不安になって尋ねると、ヒナタは元気な声で答える。

「大丈夫。リハビリで水の中を歩いたりもしたから、こう見えて水には慣れてるんだよ！」

それを聞いて僕はひとまず安心した。

「なら良いけど、無理そうなら言ってね？」

「うん！」

ヒナタは本当に大丈夫そうだ。それより気になったのは、ロトンが怯えているように見えたことだった。僕は彼女に話しかけてみる。

「ロトン、どうしたの？」

「えっ？」

「いや、震えてるように見えたから」

「あ……ご、ごめんなさい。実はボク、高いところが苦手で……ちょっと怖くて」

なるほど、そういうことだったのか。

「ごめん、気付けなくて……やめておくかい？」

「で、でも皆と滑ってみたいとも、その……思っているので、頑張ります」

そう言いながらも、身体はまだ僅《わず》かに震えている。表情からも無理しているのが伝わってきた。

それならと思い、僕は一つ提案する。

「だったら、僕と一緒に滑ろうか」

「えぇ！　ウィ、ウィル様と一緒にですか!?」

ロトンはびっくりした様子で見上げてくる。僕は頷いて続ける。

「うん、一緒なら怖くないかなぁーって。まあ僕なんかじゃ頼りないかもしれないけどさ」

「そんなことないです！　ウィル様と一緒なら、何だって怖くないです！」

ロトンは首をぶんぶん振って否定した。いい子だなあ。

「そう？　だったら一緒に滑ろう」

「はい！」

ロトンは嬉しそうに返事をした。

せっかく来たのに、彼女だけ楽しめないのはもったいない。

そうこうしているうちにスタート地点まで上ってきた。一番高い場所は、施設の全部を見下ろせるくらい。そこから滑るのは、想像しただけでもかなりのスリルがありそうだ。

「あたしから行くよぉ！」

トップバッターはニーナだ。好奇心と勇敢さを併せ持つ彼女は、躊躇《ちゅうちょ》なく滑り台へ入る。

「やっほおー！」

聞こえてくるのは歓喜と悲鳴が入り混じった声。その声が遠のいていくのを聞きながら、順番を待った。そしてついに僕とロトンの番が回ってくる。

僕の前にロトンが座り、僕は離れないように彼女の肩を掴む。

「行くよ？」

「は、はい！」

僕らは滑り台を出発した。

最初は急な坂を猛スピードで一気に下る。それから右へ左へうねり、時に下り、時に上りを繰り返す。息つく暇もないくらい、激しく流れていく。

僕はふと、ロトンの表情を確認する。ああ、よかった。ちゃんと楽しそうな顔をしている。

最後にもう一度急な坂を下り、その勢いのまま僕らはプールへ放り出された。

水面から顔を出し、ぷはーと息継ぎをする。

「ふぅー、どうだった？　楽しかった？」

「はい！　とっても、とーっても楽しかったです！」

僕が感想を聞くと、ロトンは満面の笑みでそう言ってくれた。こういう笑顔がたくさん、この場所で生まれてくれれば良いなぁ。

一番人気のアトラクションを体験した僕らは、流れるプールや泡が噴き出すプールなど、様々なプールを見ていった。

また、ここは休憩スペースも充実している。出店してくれているお店は十店舗以上で、疲れたら一休みしながら食事を楽しめるのだ。

そんなところも見ながら、僕らは施設を歩いて回った。

二時間後――

一通り遊び尽くしたし、利用している人たちの反応も見られたし、視察としては十分だ。ただ、ニーナは遊び足りない様子だった。

「えぇ～、もっと遊びたいよぉー」

他の皆もニーナに同意するように頷いている。

僕は苦笑しながら、時間を確認した。

「まあいいかな。元々昼まで時間は取ってあったしね」

彼女たちにはいつも暑い中仕事を頑張ってもらっている。今日くらい遊んだって罰《ばち》は当たらないだろう。

「じゃあここからは自由行動！　各自好きなように遊んで、適当な時間で上がるようにね」

「やったー！　ウィル様大好きぃー！」

僕が皆に声をかけると、真っ先にニーナが駆けていった。他の皆もそれに続いていく。気付いたらその場に残っているのは僕とソラ、ヒナタの三人だけだった。僕は二人に話しかける。

「皆気に入ってくれたみたいだね」

「そのようですね」

ソラと話していると、ふとヒナタが黙っていることに気付く。

僅かに顔色が悪いように見えた。僕は心配になり、聞いてみた。

「疲れてきたかい？」

「ううん！　これくらい平気だよ！」

口ではそう言っているけど、見るからに疲れている。顔色もそうだし、足が小刻みに震えていた。

ここらへんが限界かな。そう思った僕は、ヒナタを抱きかかえる。

「よっと」

「ふぁえ！」

ヒナタは変な声を出した。

彼女をお姫様抱っこするのは、王国から救出した日以来、これで二度目になるかな。

「無理しちゃ駄目だよ。もう休んだほうが良い」

僕が諭《さと》すように言うと、ヒナタはこくんと頷く。

「……うん、ごめんね」

「謝らないでよ」

「ウィル様」

声をかけてきたソラに、僕は笑ってみせた。

「ヒナタを休める場所へ連れて行くよ。また戻ってくるから、ソラは待ってて」

「……かしこまりました」

去っていく僕の後ろ姿を、ソラが寂しそうに見つめていたことに、僕は気付かなかった。


僕はヒナタを遊泳施設にある医務室へ連れて行くことにした。医務室へ向かう途中、ヒナタが申し訳なさそうに言う。

「ごめんね、ウィル。迷惑かけちゃって」

僕は首を横に振る。

「迷惑だなんて思ってないよ」

「ありがとう。でも、やっぱりまだ皆みたいにはできないね」

「そうでもないさ。むしろついこの間まで歩けなかったのに、二時間以上も遊べたんだから凄いよ」

これは僕の本心だ。しかし、ヒナタは頑張り足りないと思っているらしい。

「ううん、まだまだだよ……もっとリハビリ頑張らなくっちゃね！　皆と一緒に走り回れるくらい！」

「すぐなれるよ、ヒナタなら」

彼女が毎日、欠かさずリハビリを頑張っている姿を僕は見てきている。誰に言われるでもなく、自分の意思で努力していることを知っている。やる気だけじゃままならないけれど、やる気がなければ始まらない。

彼女ならきっと、僕の想像よりも早く良くなると思う。


ヒナタを預けて元の場所に戻ると、流れるプールのそばにソラが座っていた。脚だけを水の中に入れ、ゆらゆらと動かしながら、揺れる水面を見つめている。

僕らが去ってから、彼女はずっと一人でこうしていたようだ。

「ウィル様」

僕が声をかけるより早く、ソラは水面に映った僕を見て気付いた。

立ち上がって振り返り、僕を見る。

「戻ってこられたのですね」

なぜかどことなく険《けん》のある声色だ。僕は応える。

「戻るって言ってあったでしょ？　他の皆は？」

「まだ遊んでいると思いますよ」

「そっか。ソラはずっとここにいたの？」

僕が尋ねると、ソラは俯きがちに答える。

「えぇ、まあ……ヒナタさんは大丈夫でしたか？」

「うん。医務室に任せてきた」

「そうですか……」

少しだけ間が空く。ソラはくるりと向きを変え、プールサイドを歩き出した。そして彼女にしては珍しく、ふてくされたように言う。

「そのまま一緒にいてあげれば良かったじゃないですか。ヒナタさんも喜んだと思いますよ」

「えっ、いや、戻るって言ってあったし。ソラも待ってたでしょ？」

「私なら平気でしたよ。ウィル様にとって、ヒナタさんが特別なのは知っていますから」

ソラがなぜすねたような様子なのかわからなくて、僕は戸惑う。

「特別ってほどじゃ……ちょっと、もしかして怒ってる？」

「怒っていません」

いや、怒ってるよ。歩くペースが速くなっているし。言葉遣いも崩れているし、何よりこっちを見てくれない。何年も一緒にいるんだから、ソラの怒っているときの癖くらい知っている。

「今からでも戻られてはどうですか？　私は大丈夫ですので」

「いや、だから待っててって！」

「私に構わなくても良いですよ。ウィル様は――」

そのとき、ソラが濡れた床で足を滑らせた。

転びそうになる彼女の腕を掴み、僕はとっさに引き寄せた。

「大丈夫かい？」

「あ、ありがとうございます」

密着する素肌。キスできるくらいに顔も近い。

僕らは互いに顔を赤らめ、恥ずかしくなり離れた。

「「……」」

しばらく無言の時間が続く。

恥ずかしかったが、僕はチャンスだと思った。

僕にはソラに伝えようと思っていたことがある。他の皆がいる中だと言えなかった。

それを今、伝えようと口を開く。

「ソラ」

「な、何ですか？」

「その水着……凄く似合ってる」

ソラの頬がさらに赤く染まる。顔を伏せ、視線をそらす。

「そう……ですか」

「うん」

ソラは照れながら喜んでいる。顔を伏せていても、緩んだ口元までは隠せないよね。

「一緒に回ろうか？」

「はい」

僕の誘いにソラは笑顔でそう答えた。機嫌を直してくれたらしい。

さて、ソラは気付いちゃったかな？　彼女を抱き寄せたとき、僕の鼓動が速くなったことに。

5　エルフの森再び

「というわけで、今度はエルフの森へ行こうと思うんだ」

プール完成の日の夜。僕はユノの研究室を訪れていた。

「……主よ。急に来ておいてそれか？　どういうわけなんじゃ」

しまった、話の過程を省きすぎた。

「ははは、ごめんごめん。ちょっと気分が良くてついね」

「よほど良いことがあったようじゃな。まあ大体察しはつくが……」

ユノは呆れてそう言った。

プールの視察に不参加だったユノは、ちょっぴり寂しかったらしく不機嫌だ。

「まだダンジョンで入手した遺物の解析も終わっておらんぞ？　ワシはそっちを優先するべきじゃと思うがのう」

「僕だってそう思うよ。でもその解析は進んでないでしょ？　やっぱり情報が足りないんだよ」

「まあそうじゃな」

「だから集められるだけ先に集めちゃおう。足りないパーツがあるなら、集めないと完成しないからさ」

まあ、単に僕が他の遺跡へ行ってみたいというのもあるけど。

彼女は少し考えて、こくりと頷いた。

「良いじゃろう」

「ありがとう、ユノ」

僕がお礼を言うと、ユノは手を振って話を先に進めた。

「して、いつ出発するのじゃ？　明日の朝か？」

「そのつもりだよ。それからもう一人、一緒に連れて行きたいんだけど」

「むっ？」

僕の言葉にユノは疑問を持ったようだ。

「今から会いに行こう」

僕はユノを連れて、人通りが少なくなった夜道を歩いた。

向かった先は犬人猫人のエリアだ。ここまで来ればわかると思うけど、僕が一緒に連れて行きたいのは——

「こんばんは、イズチ」

「ウィル？　どうしたんだよ、こんな夜遅くに」

犬獣人の剣士、イズチだ。キョトンとする彼に、僕は事情を説明する。

「なるほど、遺跡探索か……」

「うん、イズチにも一緒に来てほしいんだよ」

イズチは二つ返事で了承してくれた。

「それは別に構わないぞ。ただ一応聞くけど、何で俺なんだ？」

「実は前の遺跡が、遺跡じゃなくてダンジョンだったんだ」

「へぇ、また面白そうな話だな」

「面白くても、大変だったよ……」

ダンジョンには侵入者を阻む仕掛けが用意してあった。特に最後の氷の女王との戦いは、紙一重の勝利と言える。あのときは大した準備もしていなくて、ユノにかなりの負担を強いてしまった。

その反省を活かすために、戦える人材を増やそうと思ったんだ。

「知っての通り、僕の変換魔法は不安定だ。前みたいに倒れるかもしれないから、無闇《むやみ》やたらに使えない。おかげで今の僕は、満足に戦えない」

イズチはそれだけで全てを察してくれた。

「だから戦闘になったときのために俺にも来てほしいと」

「うん。ユノの負担を少しでも減らしたいんだ」

「ワシは構わぬと言ったのじゃがなぁ」

やれやれといった風に首を振るユノに、イズチが苦笑する。

「まあ構うだろうな、ウィルなら」

そんなに呆れられるほど、僕ってわかりやすいかな？

「まあ、とりあえず了解だ。俺も同行しよう」

「ありがとう、イズチ。本当は、危険かもしれないことに巻き込みたくないんだけど」

それを聞いたイズチは、またもや呆れ顔になる。

「逆だよ逆。危険かもしれない場所に、友達を一人で行かせるなんてできるかよ」

「イズチ……」

友情を確かめ合う感動的な場面。しかし、ユノは冷静だった。

「いや……ワシもおるんじゃが？」


次の日の早朝。僕とユノが身支度を済ませて待っていると、少し遅れてイズチが屋敷へやって来て、メンバーが揃った。

以前通ったユノの扉を使って、エルフの森の近くにある崩れた石の遺跡に行く。

「これが例の遺跡か？」

目の前のそれを見てイズチが呟くが、僕は首を横に振る。

「違うよ。これも遺跡だけど、今回の目的じゃない」

「ここは以前にワシらで調査済みじゃ」

ユノの言った通り、ここはすでに調べた遺跡だ。イズチはふむと頷く。

「そうなのか。ってことはまだ先なのか」

「うん、まずはエルフの森へ入ろう」

ここを北上すれば、かつてエルフたちが暮らしていた森がある。

僕らは記憶を頼りに進んでいく。

「ここは変わらんのう」

ユノの呟きに、僕は首をひねる。

「そうかな？　前みたいに光ってないから、雰囲気はちょっと違う気もするよ」

ここはシーナの故郷で、前に住民集めに来たときは、エルフの技術によって侵入者を惑わし感知する結界が張られていた。その影響で森全体が明るく、幻想的な雰囲気だった。

あの日から半年経ってもその光景は覚えている。

「まあ、結界がなくても、この森は迷いそうだけど……」

「迷うのは勘弁してくれよ。ちゃんと着くんだろうな？」

イズチが不安そうにそう言う。

「大丈夫だと思うよ。というか、そろそろ着くと思うし」

遺跡はエルフの村があった場所に向かう途中にある。案の定、たどり着くのにそう時間はかからなかった。

僕らの目の前には、石レンガの積み重なった扉があった。

建造物全体は森の木々やツルが絡まり、隠れている。

長い時間をかけて劣化し、表面は苔《こけ》むしている森の遺跡だ。

それを見てイズチが声を漏らした。

「結構でかいな」

「うん。だけど、僕らが偶然見つけるまで、誰も知らなかったらしいよ」

「そうなのか？　エルフの連中も？」

「そうらしい」

この遺跡を見つけたとき、シーナやエルフの村の長エーミールに尋ねたが、二人とも遺跡の存在を知らなかったという。

しかし、やっぱり不自然だ。

緑に囲まれ隠れているとはいっても、遺跡はそれなりに大きい。

偶然とはいえ、僕らでも見つけられたのに、しばらく暮らしていたエルフたちが気付かないとは思えない。

「ただ、嘘を言っているとは思えなかったんだよね……」

すると、ユノが口を開いた。

「本当だったからじゃろう」

「ユノ？」

「裏手に回ればわかる」

僕とイズチは首を傾げる。

どうやらユノは、エルフたちが遺跡を見つけられなかった理由に心当たりがあるようだ。

言われるまま、僕らは遺跡の後ろ側へ回る。するとどうだろう。遺跡が見えなくなった。より具体的に言うなら、生い茂る木やツルと完全に同化してしまった。

石レンガが苔むしているのが迷彩になって、森に溶け込んでいるのだ。

「ワシらが見つけられたのは、入り口側から歩いてきたからじゃ。他の方向からでは、遺跡があるように見えんじゃろう？」

「本当だ……これはわかんないな」

イズチは納得したようだ。

エルフは森からほとんど出ないと聞く。たとえここまで来たとしても、エルフの村側からでは、遺跡に気付けないのも無理はない。

ユノは、森の結界も上手く作用して、奇跡的偶然が起こったのだろうと言った。

遺跡を挟んで村の反対側から来た僕らだから見つけられたのだと。

「入り口は小さいからのう。ワシらと同じルートで来なければ、見つけることは難しいのじゃよ。要するに、様々な偶然が重なったというわけじゃな」

「偶然かぁ……だとしたら、僕らは偶然に好かれているんだね」

「かもしれんのう」

遺跡の周辺をぐるりと回って、僕らは正面の入り口へ戻った。

外から見えるのは、廊下が奥に続いていて、その左右に扉らしきものがあるということくらいだ。

「う～ん……見た感じだと普通の遺跡っぽいんだよね」

「ダンジョンではなさそうじゃな」

僕とユノは少しほっとする。しかし、イズチはまだ怪しんでいるようだ。

「まだわからないぞ。中に別の入り口があるかもしれないしな」

「そうだね、一応警戒して進もう」

僕の言葉にユノとイズチが頷いた。

僕らは細心の注意を払いつつ、足を進める。

中に入って気付いたのだが、入り口には扉がついていたらしい。ただ風化して、開いたまま崩れ落ちていた。

入り口から続く廊下は、突き当たりで左右に分かれていた。それより手前に部屋が一つずつ。さらに分かれた道の先に一つずつ、合計四つの部屋がある。

まず僕らは、入り口を入って右手にある部屋を調べることにした。

こちらにも扉があったが、開いたままの状態だった。

「椅子と机……あとは棚か？」

「うん。全部石で作られているね」

イズチが見つけた椅子は背もたれが崩れている。

机も四つある足のうち一本が折れていて、斜めに傾いてしまっている。棚には壺《つぼ》や皿のようなものが並んでいるけど、どれも壊れているようだ。

僕は部屋を見回して二人に言う。

「何ていうか、生活感がある部屋だね」

「主もそう思ったか」

同意したのはユノだ。

「ユノも？」

「うむ。もしや……ここは遺跡というより、誰かの家だったのかもしれんのう」

イズチが考え込むように呟く。

「古代の家……か。どれくらい前なんだろうな？　ウィル」

「僕に聞かれてもわからないよ。ユノはわかりそう？」

しかし、ユノも首を横に振った。

「さぁのう。時代のわかるものでもあれば……じゃな」

僕らは次の部屋も探索した。その次も見て回った。どちらも最初の部屋と似た造りになっていて、大したものは残っていなかった。

そして最後の一室は、最初の廊下を左に進んだ先にある部屋だ。

ここだけは扉が残っている。

木で作られた扉は腐敗が進んでいて、今にも崩れそうなほど脆《もろ》い。僕はなるべく壊さないよう、そーっと扉を開ける。

「これって寝室か？」

イズチがそう言った。中にはベッドが二つ並んでいる。これを見て僕らは、ここは誰かの住居だったのだと確信した。

ベッドの横には、小さな家具があって引き出しもついている。

僕はその引き出しを開けた。

「ん？　何か入ってる……」

ここまで収穫なしだったから、ここも空っぽだろうと思い込んでいたけど、引き出しの中には、筒状に丸められた茶色い紙があった。

そっと取り出して中を見てみる。イズチとユノも覗き込んできた。

「地図？」

「世界地図じゃな」

開いてみると、僕らの知っている世界地図が描かれていた。

二人はもっと壮大な何かを期待していたのか、がくんと肩を落とす。

僕も少しがっかりした。だけどなぜだろう？

この世界地図は、僕らが知っている世界地図とは違うような……しばらくして僕は違和感の正体に気付く。

「ねぇ二人とも。この地図……おかしいよ」

「そうか？　俺にはどこも――ん？」

イズチも気付いたらしい。ユノが覗き込む。

「何が変なのじゃ？」

「ほら、見てよここ」

僕が指をさしたのは、僕らのいる大きな大陸ではなく、その左下にあるもう一つの大陸だ。

この世界には大陸が三つある。僕らがいるのは、世界地図の中央で全体の七割を占める大きい横長の大陸だ。かつて僕が所属していたウェストニカ王国を始め、数多くの国が繁栄を極めている。

その右上にもう一つ、大陸がある。国家があるようだが、こちらの大陸とはあまり交流はない。独自の発展を遂げていると噂されている。

そしてもう一つ。大きな大陸の左下に、真ん中に穴の空いた大陸がある。ドーナツのような形が特徴的で覚えやすい。だから、僕は違和感を覚えたのだ。

この古い世界地図には、あるはずのものがないんだ。

「大陸の穴が……ないじゃと？」

僕が示すと、さすがに彼女も気付いたようだ。そう、大きく空いているはずの穴が、この世界地図ではみっしり埋まっている。そこだけが僕らの知っている世界地図と明らかに異なる。

「書き忘れ……とかじゃないのか？」

「いや違うと思うよ。ほらここ、読めないけど何か書いてある」

僕はイズチに示す。

本来なら空いている穴の場所に、何やら文字が書かれている。他の場所にも書いてあることから、おそらく地名か何かだろうと推測する。

「ここに文字を書くなら、普通は穴を書き忘れたことにも気付くでしょ？」

「確かにそうだな……つまりあれか？　いつの時代までかわからないけど、昔は穴はなかったと？」

イズチの疑問に僕は頷いた。

「そうなんだろうね」

「じゃあ何で今はあるんだよ」

「わからない……何か大きな出来事があったのか。それとも海の水位が……」

いや、それはないか。海の水位が上がったとして、大陸の真ん中だけが沈むとは思えない。

そうなってくると、やはり何かが起こったのだろう。

大陸の一部が消失するほどの、壮大な出来事が――

「ユノは知らないかな？　前にこの大陸に行ったことがあるって言ってたよね？」

「……」

彼女は考え込んでいる。僕が声をかけても気付かないほど集中している。表情は深刻そうだった。

心配になった僕は、もう一度ユノに話しかける。

「ユノ？」

「……思い出せんのじゃ」

ユノは顔を上げてこちらを見た。

「主の言った通り、ワシはこの大陸に行ったことがある。それは事実じゃ。ワシ自身が記憶している。じゃが、その記憶を探ってみても、そのとき何を見たか思い出せん」

ユノの頬を汗が伝う。

彼女がその大陸を訪れたのは、今から二千年ほど前だそうだ。時間だけを考えれば、忘れていてもおかしくない。少なくとも僕やイズチの感覚ではそう思う。

だけど彼女は、行ったことを覚えていて、各地を回ったことも覚えている。それなのに、巡った場所や見たもの、会った人の記憶だけがない。記憶の一部がごっそりと欠落している。

ちょうどそう……現在の世界地図にある大きな穴のように——

ユノの記憶の欠落が亜人種の謎と繋がると考えるのに、そう時間はかからなかった。なぜなら、亜人種誕生の瞬間を誰も覚えておらず、記録もないからだ。まるで誰かに消されてしまったかのように、すっぽりと抜け落ちている。

これが関連していないなんて、偶然も行きすぎているだろう。

「他には何もないみたいだ」

「じゃのう」

僕らは部屋をもう一度くまなく探したけど、地図の他には何も見つけられなかった。

「一旦戻ろう」

僕の言葉に、ユノとイズチの二人も頷いた。

「うむ」

「了解」

僕らは疑問を抱えたまま、屋敷へ戻った。

イズチと屋敷で別れてから、僕はユノと研究室へ向かう。そこで現在わかっている情報を整理した。

現在、ドーナツ型になった大陸は無人とされている。大陸の周囲を深い霧《きり》が常に覆い、海流が激しいため船で近づくのは危険を伴う。そういう理由から、あまり調査は進んでいない。要するに謎が多い大陸なのだ。

「じゃがその謎が、ワシらの知りたいことと関係しているかもしれん」

僕もユノと同じ意見だ。

「うん。もしそうなら、直接行って確かめたいね」

ただ、さっきも説明したように、船の航行は厳しい。

頼みのユノの扉も、残念ながら残っていないらしい。別の手段を考えなくてはならない。

「何にしろ、すぐには行けそうにない……かな？」

ユノは頷いて、付け加える。

「残念ながらそうじゃのう。無理に行って、命の危険に晒されたら最悪じゃ」

もし調査に行くのであれば、然《しか》るべき準備を整えてから臨むべきだとユノは言った。それには僕も賛成だった。

結論としては、まず残っている遺跡調査を進め、遺物の解析を済ませることになった。少しでも情報を手に入れるためだ。

僕らは現在の地図と、見つけた古い地図を同じ机の上に置く。

何度見比べても、明らかな違いは一点のみ。その一点が大きく、決定的な違いであることは明白だった。

6 僕の親友と頼れる部下

ユノと話し合ったように、まずは残る遺跡の探索となった。目指すのはセイレーンと出会った海域だ。そこで見つけた海中の遺跡に、今一度向かおうとしている。

「海の中？　次の遺跡は水中かよ」

「うん」

現在は僕とユノ、イズチとで作戦会議をしている。

ただ海底の話をした途端、イズチは浮かない顔になった。

「……」

「イズチ？」

「いや悪い……今回は行けないいな」

「えっ！　ど、どうして？」

突然の申し出に僕は戸惑った。イズチは僕から目をそらす。

「こんなことを言うのは恥ずかしいんだが……実は俺、泳げないいんだよ」

イズチは頬をポリポリとかきながらそう言った。

「そういうこと……」

「ああ、悪い……それに、水中じゃあ刀を満足に振れないしな」

「まあそうだよね」

僕も一度潜ったことがあるからわかる。

ユノの作ってくれた特殊スーツを着ていても、深く潜れば潜るほど動きにくくなった。僕らのような地上の民にとって、水中は何をするにも不便な環境だ。

「ならばどうするのじゃ？　ワシと主の二人で行くのか？」

ユノが僕に尋ねてきた。

「いや、それは危険だよ。ただでさえ水中は動きにくいし、何が待っているかわからないんだ」

その遺跡がダンジョンだったら大変だし、それに今回はセイレーンたちの故郷だ。崩壊した彼らの街を、今でもはっきりと覚えている。

セイレーンたちの話では、突然現れた巨人によって滅ぼされたらしい。その巨人の正体や目的は、未だにわかっていない。仮にそんなものと出くわしたら……考えるだけで恐ろしい。

人数は多いほうが、いざというときに助かる可能性が上がる。

僕がそれを説明していると、イズチが思いついたように言う。

「あいつらは？　セイレーンの誰かに同行してもらうのはどうだ？」

僕が首を横に振ると、イズチは首をひねる。

「どうしてだ？　あいつらなら水中を自由に動けるだろう？」

「そうなんだけど、ここにいるセイレーンの中に戦える人がいないんだよ」

戦える者は巨人に立ち向かって死んでいった。だから生き残った人たちは、隠れて生活していたらしい。

そうでなくても、巨人に故郷を滅ぼされた彼らに、崩壊した街の近くまで一緒に来てほしいなんて頼みにくい。

「そっか……なら駄目だな。となると、あとは……あっ！」

イズチが何かを思い出したようだ。

「そういえば一人いるぞ！　セイレーンじゃないけど、水の中でも自由自在に動き回れる奴が。俺の部下に心当たりがある。ついて来てくれ」

イズチが立ち上がる。僕とユノは彼のあとを追った。


外は日中で一番気温が高い時間だった。

屋敷から一歩踏み出すと、灼熱の太陽に焼かれそうなほど暑い。

「ワシはここで待っていようかのう」

案の定、ユノがそんなことを言い出した。

「駄目だよ。一緒に行く人を探しに行くんだから、ユノも来てくれないと困る」

「……暑いのは嫌いじゃ」

「知ってるよ。転移装置までだから、少し我慢してよ」

僕はなんとかユノを諭すが、彼女は文句たらたらだ。

僕はユノの手を引っ張って外に出た。

それから僕らは屋敷近くの転移装置で、獣人エリアへ移動する。

イズチに案内されたのは訓練場のほうだった。中に入ると、イズチが隊長を務める警備部隊のメンバーが汗を流して訓練に励んでいる様子が見える。

「えーっと……」

イズチは目的の人物を探しているようだ。

「グラ！」

イズチの呼びかけに反応して駆け寄ってきたのは、雪のように真っ白な毛並みをした猫人の少女だった。

ニーナと同じくらいの年だろうか。毛色が全く違うから、受ける印象も違うな。ニーナよりしっかりしているような雰囲気だ。いや、ニーナと比べたら誰でもしっかりしているかな？

「隊長、私に何か御用でしょうか？」

猫人の少女――グラがイズチの前で姿勢を正して立つ。イズチは頷く。

「ああ、お前に頼みたい仕事があってな」

「仕事ですか？」

「そうだ。詳しくは、二人から話してもらうよ」

そう言ってイズチは、振り返りながら横に退く。

イズチの身体が壁になって、グラから僕らは見えていなかったみたいだ。グラは初めて僕らの存在に気付く。その途端、彼女は頬を真っ赤に染めて驚いた。

「ウィル様っ⁉」

グラは、僕らを見るなり慌てふためく。

そんなに驚くとは思っていなくて、僕も反射的に驚いたよ。

顔に何かついているのか、なんて古典的なことを考えながら、僕はとりあえずあいさつする。

「こんにちは、グラ。ちゃんと話すのは、これが初めてだよね？」

「は、はい！　ウィル様！」

「そんなにかしこまらないでいいよ」

そう言ったものの、グラは背筋を伸ばしたまま、銅像みたいに固まっている。

この子は何でこんなに緊張しているのだろう。

疑問に思った僕は、助け舟を求めてイズチを見る。すると彼は、何やら悪巧《わるだく》みをしているような表情で、ポンとグラの肩に手を乗せる。

「実はなぁ～、こいつウィルのファンなんだよ」

「ファン⁉　えっ、僕の？」

僕は、確かめるようにグラの顔を見る。

確かに彼女は、キラキラした瞳を僕に向けている。それが好意的な視線であることは、明らかだった。

僕は本人に聞いてみることにした。

「えっと……僕と話すのは初めてなんだよね？」

「はい！」

「それなら何で僕なんかのファンに？　僕は君に何もしてあげてないよ」

僕はグラが話してくれるのを待った。しかしまだ緊張しているようで、上手く言葉が出ないらしい。僕はまた、イズチに助け舟を求める。

「ウィル、俺とお前が最初に会ったときのこと、ちゃんと覚えてるか？」

「もちろんだよ。忘れるわけないいじゃないか！」

僕とイズチの出会いは、犬人と猫人が隠れ住んでいた東の森。彼らを領民に引き入れるための交渉に赴《おもむ》いたときだった。

集落の長との対話の末、代表者同士の決闘をすることになって、僕とイズチが戦ったのだ。あんなに印象的な出会い方を、そう簡単に忘れるわけないよ。

それにイズチは、僕に初めてできた男友達なんだから。

「あの戦いは、皆が観戦していただろ？　当然グラも見ていたわけだ」

「それはそうだろうね」

僕は頷いて続きを促す。

「そんときグラは、お前の戦いに……強さに惹《ひ》かれたんだと」

イズチはあのときの思い出を懐かしむように言った。

僕がグラに視線を戻すと、ようやく落ち着いた彼女が、ゆっくりと口を開いた。

「私はあの日まで……人間があまり好きじゃなかったんです。というより、見下していました」

グラは申し訳なさそうに言った。

人間は数が多いだけで、一人一人は自分たちに劣っている。大勢で群れて、誰かに頼らないと何もできない弱い種族だと、彼女は考えていたそうだ。

彼女だけではない、他の獣人たちも同じような考えを持っていたのだろう。そう言われても否定はできない。

「だけどウィル様は違いました。自分から前に出て、勇敢に戦う姿に私は驚いて、ワクワクしたんです」

その日からグラは、僕のことを観察するようになったらしい。

奥手《おくて》で人見知りな彼女は、自分から話しかけることはできなかった。いつも遠くから、僕が仕事している姿や、街の皆と話す様子を見ていたらしい。

「見ていくうちにわかりました。強いだけじゃない。ウィル様はとっても温かい人なんだって。知れば知るほど、こんなに凄い人は他にいないって思いました」

次々と飛び出す褒め言葉に、僕はたじたじになっていた。

「いや、僕はそんな……」

「そんなことあります！　隊長もよくおっしゃっていますよ」

　すると今度はイズチが慌て出した。

「ちょっ、グラ――」

「あいつより凄い奴なんて、世界中探したって見つかりっこない。あいつは、俺の自慢の親友だって！」

「グラ、お前！　何言ってんだ！」

「えっ、でもよく口癖みたいに――」

　顔を赤くしたイズチがグラの口を塞いだ。こんなに照れる彼を、僕は初めて見た。

「っと……何だ、その……俺が勝手にそう思ってるだけだ。あんまり気にするなよ」

「イズチ……」

　僕はイズチの目を真っ直ぐ見据えた。

「な、何だよ」

「ぷっ、はははははは」

　僕は笑ってしまった。我慢したけど、限界がきてしまった。

「な、何だよ、ウィル。そんなに笑わなくても良いだろぉ」

「ごめんごめん……別におかしくて笑ったんじゃないから」

　イズチは不服そうにむくれている。そんな顔も初めて見たよ。

「でもそっか、うん……そうだね。僕の親友が言うんだから、その通りなんだろうね」

　僕がそう言うと、イズチは目を見開いた。

おかしいだなんて微塵《みじん》も思わなかったよ。僕が笑ったのは、嬉しかったからだ。

友達になったときもそうだったけど、あのとき以上の感動が押し寄せてきている。我慢していても、自然に表情が緩んでしまうほどに。

「ったく、お前と話してると調子が狂うなぁ」

イズチが頭をかきながら言った。

「そう？　僕はイズチと話しているときが、一番気が楽なんだけどなぁ～」

「まあ男同士だしな」

「それもあるけど、イズチだからっていうのもあるよ」

僕はここでも正直に本音を口にした。

「お前……よくそんな恥ずかしいセリフを普通に言えるよな。そういうところも尊敬するよ」

「ありがとう」

二つの意味で、ありがとう。そう思ったのは、僕だけじゃないと思う。予期せぬことで、互いの信頼を確かめ合えた。

そんな僕らを、グラは嬉しそうに眺めていたが、ユノはちょっぴり不機嫌になっていた。

「主らよ、ここへ来た目的を忘れておらんか？」

「「あっ」」

「やれやれじゃのう」

呆れるユノ。僕とイズチは誤魔化すように笑う。

グラの紹介から一気に話がそれてしまっていた。

僕は改めてグラに向き直る。

「えっとね、グラ。今日は君に、頼みたいことがあって来たんだよ」

「何でしょうか？」

首を傾げるグラ。そこにユノが口を挟んだ。

「まあ待て。その前になぜこの娘なのか。そ奴から聞くほうが先じゃろう？」

「あぁ、それもそうだね。イズチ、教えてもらっても良いかな？」

僕が話を向けると、イズチはグラを選んだ理由を説明する。

「グラは、俺たちの中で唯一、【重力魔法】が使えるんだよ」

「重力魔法？」

「ほぉ、珍しいのう」

重力魔法とは、重さや引力を操る魔法だ。大地に引き寄せられる力を強めたり弱めたり、自在に操ることができる。この力を応用すれば、空を自由に飛び回ることだってできる。戦闘でも重宝される魔法の一つだ。

ユノが生まれた神代の時代の魔法、神代魔法《しんだいまほう》ほどではないが、現代では扱える者はほとんどいない。

「凄いじゃないか！」

僕はそれを聞いて思わず声を大きくした。しかし、グラは恐縮している。

「そ、そんなことありませんよ。使えるといってもまだ未熟で、自分と自分に触れているものにしか発動できないですし……」

「それでも凄いことだよ。良い才能を授かったね」

「……はい！」

僕が褒めると、グラは嬉しそうに尻尾《しっぽ》を振った。

猫人なのに喜び方が犬みたいだな。

「グラの重力魔法なら、水中だろうと空だろうと自在に動き回れる。ここで訓練も積んでるし、戦力になることは俺が保証するぞ」

イズチが自信ありげにそう言う。それを聞いて僕も頷いた。

「イズチが言うなら間違いないね」

僕はグラに、頼み事の内容を説明する。

これまでの経緯も含めて話していたら、少し長くなってしまった。

一通りの説明を終えた僕は、もう一度グラに問いかける。

「……というわけで、一緒に来てくれると嬉しいんだけど」

「もちろん行きます！　私で良ければ喜んで！」

グラは即答した。イズチとユノは予想通りといった表情だ。

「ははは、だろうな」

「じゃな。聞く以前に答えなど出ておったじゃろう」

僕も笑顔で同意した。

「ふふっ、そうかもしれないね。でも、意思確認は大事だよ」

聞く前から察していたけど、実際に言葉で言ってもらえると安心する。僕はグラに改めてお礼を言う。

「ありがとう、グラ。それじゃあ出発は明日の朝だ……って言いたいところだけど」

それができないことを知っている。

僕がユノと目を合わせると、代わりに彼女が説明する。

「水中呼吸の丸薬と、水圧耐性つきのスーツ。どちらも前回で在庫切れじゃ」

「そうなのか？　丸薬はともかく、スーツも？」

イズチがユノに尋ねた。

「スーツも消耗品じゃ。使い続ければ耐性が落ちていくんじゃよ」

「僕もあとから教えてもらったんだよ」

スーツはまさかの使い捨てだった。数時間も強力な水圧を受け続けていると、耐えられなくなって破けてしまうらしい。どうせ丸薬が最高で三時間しか使えないし、それでも良いだろうと材料と製作費をケチった結果だそうだ。

「そういうことは先に教えてほしかったよね……」

「じゃからすまんかったと謝ったじゃろう？　次は戦闘になっても耐えられるように強化するつもりじゃ」

新しいスーツの製作には時間がかかる。丸薬も改良の余地がないか検討してみるらしい。

一週間もあれば何とかできるとユノは言ったので、出発は一週間後に決めていた。

「だからしばらく待機でよろしく」

僕がそう言うと、グラは元気よく返事をした。

「わかりました！」

「その間に、俺がみっちり鍛えておいてやるよ」

イズチがにやりと笑う。僕は心配になって釘を刺した。

「あんまり苛《いじ》めちゃ駄目だよ？　イズチはただでさえスパルタなんだからさぁ」

しかし、イズチはそんな注意もどこ吹く風だ。

「これが普通なんだよ。お前が甘々《あまあま》なだけだ」

用件が済んでからは、他愛ない話に花を咲かせた。

少しして、僕はそろそろ研究室に戻ろうと思った。

別れのあいさつを口にしようとしたところで、ふと思いつく。

「ねぇグラ、ちょっとだけ重力魔法を見せてもらえないかな？」

「はい、喜んで！　でも私じゃ、派手なことはできないですが」

僕はグラが言っていたことを思い出す。

「自分と自分に触れているものだけなんだよね？　じゃあーえっと……」

僕は周りを見渡した。訓練場だけあって、様々な地形の場所があり、そこに木や草が生《は》え、岩が転がっている。

僕はそこから大きめの岩に注目する。

「あの岩を持ち上げたりできるかな？」

「あれくらいなら簡単ですよ」

グラはそう言い切った。僕は期待しながら、岩に近づく彼女を見つめる。グラは右手で岩に触れ、集中するために目を瞑《つむ》った。

「重力魔法――」

グラの身体が一瞬だけ光る。目を見開き、岩を鷲《わし》づかみにしてひょいっと持ち上げてしまった。

岩は埋まっていた部分も合わせると、一軒屋と同じくらいの大きさがある。

それを持ち上げている彼女は、表情一つ変えていない。

「おぉ～、重さをなくしているの？」

僕が感心して尋ねると、グラはにこっと笑った。

「はい！　今は小石程度の重さしかありませんよ」

「凄いな。重さはゼロにもできるのかい？」

さらなる疑問が湧いてきた僕は、立て続けに質問した。

「できますよ？　ただ元の重さや大きさによって、消費する魔力量が変わるので、あんまり重すぎると駄目なんです」

「なるほど。そのあたりの制限は僕の変換魔法と似ているね……もしかして空を飛んだりも？」

「はい、できます！　自由自在とまではいきませんけど」

そう言いながら、彼女は岩を元の位置に戻す。

もう一度目を瞑ると、ふわっと彼女の足が地面から浮いていた。グラは空気中を泳ぐように、ゆったりと流れていく。

空を飛ぶってどんな気分なのだろう？　そんなことを考えていたら顔に出てしまったようだ。

ユノが気付いて、こんな提案をした。

「主も体験させてもらえば良いのではないか？」

「えっ、できるの？」

「さっきの話では、触れている対象にも効果があるのじゃろう？　ならば手でも繋いでもらえば良い」

「手ぇ!?」

ユノの言葉に動揺したグラが、集中を切らして地面に落ちてしまう。尻餅をついた彼女に、僕は駆け寄った。

「大丈夫？」

「は、はい……」

その流れで、僕は自然に手を伸ばしていた。グラは一瞬躊躇したが、意を決したように僕の手を握る。

「行きましょう！」

気が付くと、僕はもう浮いていた。

地に足が着いていない浮遊状態を、生まれて初めて体感する。そのままグラに連れられて、僕は訓練場の外へ出る。

「凄いよ、グラ！　こんなに高く飛べるんだ！」

僕らは今、訓練場の上を飛んでいる。ユノとイズチ、他の皆も見下ろせる位置だ。遠くには僕の屋敷も見える。

「ねぇグラ？　どこまで高く上がれるの？」

僕は気になったことを尋ねた。

「私の魔力次第です。試したことはありませんが」

「ならこの結界の一番上まで飛べるかな？」

「それくらいなら大丈夫だと思います」

僕とグラはどんどん上へ昇っていく。地面が遠のいていく感覚は奇妙だけど面白い。一分ほどで、大樹の天辺《てっぺん》すら越えて、ついに結界の一番上にたどり着いた。

「――」

見下ろすと、街の全部が一つのフレームに収まる。

かつて荒地だった場所に、今ではたくさんの建物や人々が集まっていた。

空っぽのキャンバスに、鮮やかな色が塗られているような、そんな気分だ。

「ウィルの街……か」

その街に見入ってしまうのは、皆がつけてくれたこの街の名前のせいかな。


それから、あっという間に一週間が過ぎた。

ユノと僕がスーツと水中呼吸のための丸薬作りをしている間、グラは海底を模した場所での訓練に励んでいた。

イズチの個別指導は、普段の訓練の何倍も大変だったようだ。訓練終わりに毎日様子を見に行ったけど、グラはいつもヘトヘトになっていた。

ユノは予定通り一週間でスーツを完成させた。

前回のスーツよりも高性能に仕上がっていて、モンスターとの戦闘にも耐えられるらしい。

丸薬も改良して、一日に呑める量が三つから五つになった。一つにつき一時間潜っていられるので、これで五時間連続で潜水できるぞ。

「装備は万全じゃな」

「ユノのおかげでね」

僕がユノを労うと、彼女はふんと息を吐いた。

「普段通りの仕事をしたまでじゃ」

「ありがとう」

出発は明日の早朝。今はもう日は沈んでいるし、そろそろ訓練も終わった頃だろう。僕はグラに声をかけに行こうと思った。

その旨をユノに伝えると――

「ワシも行くのじゃ。同行者の仕上がりを、この目で見ておきたいしのう」

「うん、なら一緒に行こうか」

「うむ」

研究室を出て、グラのいる訓練場へ向かう。

昼間は溶けるくらい暑いのに、日が沈むと一気に涼しくなる。

「夜は良いのう～」

快適そうなユノの声に、僕も頷く。

「そうだねぇ」

「一日中夜だったら良いんじゃがなぁ」

「それはちょっと困るかな……」

他愛ない会話をしながら訓練場近くまでたどり着いた。

訓練中は外まで声が響いていたけど、今は聞こえてこない。どうやら訓練は終わっているようだ。

明かりは灯っているから、休んでいるのかもしれない。

そっと中を覗くと、そこにはグラとイズチがいた。

「まあ、このくらいか……日に日に動きが良くなっているな」

「本当ですか！」

イズチの言葉にグラが飛び上がるようにして喜んでいる。

「頑張った成果だね」

二人の会話に、僕は割って入った。僕に気付いた二人が、同時に振り向く。

「ウィル」

「ウィル様！」

僕はイズチとグラに労いの言葉をかける。

「二人ともお疲れ様」

「おう」

「ありがとうございます！」

二人の近くに歩み寄る。途中でイズチが、僕の後ろを歩くユノに気付いた。

「今日はあんたも一緒なんだな」

「うむ」

頷いたユノを見て、イズチは僕に確認する。

「ということは、完成したのか？」

「うん。だから明日の朝に出発するよ」

僕がそう言うと、グラがピクリと反応した。イズチはふぅと短く息を吐き、グラの顔を見た。

「だそうだ」

「はい」

グラは真剣な表情で返事をした。硬い表情からは緊張が感じ取れる。

「今からそんな緊張してると持たないぞ」

「は、はい！」

そんなグラの様子に、イズチは再び深く息を吐いた。

「はぁ……ウィル、明日は頼むぞ」

「ははは……」

それを言う相手は、僕じゃなくてグラだよね。僕がグラに護衛を頼んでいるわけだし。そう言うと、イズチは確かになと笑った。

「適当に緊張を解《ほぐ》してやってくれ。これじゃ、せっかく鍛えたのが無駄になるからな」

「無駄になんてならないよ。明日は頼りにしてるからね？　グラ」

僕がグラを見ると、彼女はこちらを真っ直ぐ見ていた。

「はい！　命に代えてもお守りしてみせます！」

「い、いや、自分の命を大事にしてね？」

「おい、ウィル、余計なプレッシャーかけるなよ……」

イズチは呆れていた。

隣ではユノが大きな欠伸《あくび》をしている。何日か徹夜しているし、疲れが溜まっているようだ。

グラも訓練でヘトヘトだし、僕も少し眠い。明日に備えて今日はしっかり休むとしよう。

次の日——

午前七時に朝食を済ませ、僕らは必要な装備を整えて屋敷の玄関前に集まった。

スーツの最終チェックは、僕とユノですでに終えている。

「ぐっすり眠れたかい？」

僕がグラに尋ねると、威勢の良い声が返ってきた。

「はい！　バッチリです！」

グラは腰に刀を装備して、準備万端の様子だ。

「海中でも刀を使うんだね」

「一番使い慣れていますから」

そう言うグラの視線が、僕の腰に注がれている。

「ウィル様、それは何ですか？」

「これかい？」

僕は腰の後ろに手を回して、グラが気になっているものを取り出す。

「ボウガンだよ。万が一に備えてね」

銃や剣、槍は水の中じゃ上手く使えない。

しかし、ボウガンなら火薬を使わないし水中でも使える。銃と違って連射はできないし、矢もそんなに持っていけないけど、ないよりはマシだろう。

「いざってときは僕も援護するよ」

「はい！　でも安心してください！　必ず守り抜いて見せますから！」

その言葉に僕はグラの強い意志を感じた。

「心強いね。だけど無茶はしないように」

「はい！」

「確認は済んだかのう？」

ユノが声をかけてくる。

「うん、お待たせ」

「よし、ならば行くぞ」

僕らはユノの用意した扉を潜った。そこから、以前、サトラの故郷へ向かうときに海へ飛び込んだ場所まで歩く。木の陰でスーツに着替えたら、準備完了だ。

海に入る直前――

「最後に確認しておくが、制限時間は五時間じゃ。帰りを考えなければならんから、探索していられる時間はもっと短いぞ」

ユノの忠告に、僕とグラは頷く。

「遺跡の規模次第で、二回か三回に分ける必要があるかもね」

「その場合は明日また来るのですか？」

僕はグラの質問に答える。

「それも遺跡次第だよ。分けても探れないほど広かったら、何度来ても一緒だからね。とにかく行って確かめるとしよう」

僕らは丸薬を一つ呑んで、海に飛び込んだ。

ばしゃんと大きく水しぶきを上げて、僕らの海底遺跡探索が始まる。

7　海底神殿

深い海の底へ潜っていく。僕らの領地と違って、この周辺は肌寒い日が続いていたので、水温は低い。波も少し荒れていて、潜った直後は流されそうになって冷や冷やした。

深く潜れば潜るほど太陽の光は届かなくなり、光がなくなると海水が余計に冷たく感じられる。

（ちょっと寒いな……二人は平気かい？）

前回来たときと同様、思念を通信するイヤリング型の魔道具を用いて意思疎通をする。

（雪山に比べればマシじゃ……そう思うようにしておる）

（私も何とか。もう少しで慣れると思います）

気温の変化に弱いユノは、極寒の雪山を思い出すことで耐えているようだ。グラは身体を動かして温めようとしている。

犬人猫人は寒さに弱い種族で、雪の積もっていた時期は部屋からあまり出たがらなかった。イズチも外での訓練が消極的になったくらいだ。

（それにしても凄いですね、コレ！　お二人の声がちゃんと聞こえますよ！）

グラはイヤリングに触れながらそう言った。

（スーツもそうですけど、こんなものまで作れるなんて、さすがユノ様です！）

褒めちぎるグラに、ユノは少し照れくさそうだ。

（大したものではないぞ。通信できる距離は一キロ以内じゃし、一度に通信できる人数も五人までじゃからのう）

（十分凄いじゃないですか！）

僕もグラに同意する。

（僕もそう思うよ。これを大したものじゃないって言えるんだから、それだけユノが凄いってことだね）

（そう褒めるでない。照れるじゃろう）

顔を隠しながら言うユノ。

そんなやり取りをしていると、僕らはいつの間にかサンゴ礁が群生する場所にたどり着いていた。

コウライサンゴと呼ばれる種類で、微《かす》かな光を放っているのが特徴だ。おかげで深海でも互いの顔が見える程度には明るい。何より、真っ暗な中で光る姿は見る者を魅了する。

（綺麗ですね）

サンゴ礁に気付いたグラは、うっとりしながら眺めている。

僕とユノは前回も見ているけど、何度見ても綺麗だと思う。ただ、同時に崩壊したセイレーンの都市を思い出してしまうから、ちょっと複雑な気分だ。

（ここを真っ直ぐ行くと、セイレーンの都市だね。ユノ）

（じゃのう）

僕とユノが止まる。目の前に広がる暗闇をしばらく見つめてから、僕は右へ迂回する。

（こっちだよ）

（真っ直ぐではないのですね）

グラが不思議そうに尋ねてくる。

（うん、ここから少しそれるんだよ）

僕らが遺跡を見つけたのは、正確にはセイレーンの都市への道中ではない。都市の惨状を知った翌日に、巨人の調査で潜った際、偶然見つけたのだ。

そこは、都市をぐるりと回り込まないとたどり着けない。

（あのときは別の目的があったし、制限時間ギリギリだったから外観しか確認してないよね）

（うむ。もしかすると遺跡ではないかもしれんのう）

ユノはそんなことを口にした。

（前みたいにダンジョンかな？）

（はたまたただの民家跡かもしれんしのう……ダンジョンなら出直すのじゃろう？）

（うん、そのつもりだよ）

さすがにダンジョン探索は、制限時間付きでやりたくないよ。そうなったら別の手段を考えないといけないなぁ。

（サンゴ礁を抜けますよ）

グラが手で指し示した。僕は頷く。

（このまま進んで大丈夫だよ。一気に暗くなるから、はぐれないように固まろう）

（うむ）

（はい！）

サンゴ礁を抜けると、岩がゴロゴロしている場所を通る。所々に見える岩は、人工的に作られたような形のものもあった。石柱みたいなものも転がっている。

（このあたり一帯に何かが建造されておったかもしれんのう）

ユノが推測する。僕も先ほどのユノの言葉を思い出す。

（本当に民家かもしれないね。僕らが向かっている遺跡は）

（だとしても問題ないじゃろう。むしろ民家のほうが、色々残っているかもしれんぞ）

（そうだね。前の遺跡にあった世界地図みたいに、現代との違いがわかる何かがあればいいなぁ）

話しながら進んでいくと、進行方向に黒い影が見えてきた。周りが暗いから、輪郭程度しかわからない。さらに近づくと、ようやく全体像が見えた。

平らな屋根と、四角い建物が一部だけ顔を出している。あとは海底に埋まっているのだろう。崩れている部分もある。

歪《いびつ》な形で残る石の建造物がそこにはあった。

（これが遺跡……思っていたよりも小さいですね）

グラが初めて見るだろう遺跡の感想を述べる。

(見えている部分はね)

(下の部分が埋もれているようじゃし、案外大きいかもしれんぞ)

ユノに言われて、グラはもう一度遺跡を観察する。

(埋もれて……あっ、本当ですね)

その後、僕らは建物の周辺をぐるりと回った。

入れそうな穴は見つけたけど、玄関のような入り口はなかった。

穴は一人ずつなら入れる大きさだ。

(ここから入りますか?)

(それしかなさそうだね)

グラに応えてから、僕は窓枠のように小さな穴から中へ入る。ユノとグラの二人もあとに続いた。

そこは何もない狭苦しい小部屋だった。

(お二人とも見てください! 下へ通じる階段がありますよ!)

グラが指さす先に目を凝《こ》らすと、確かに階段があった。

そうなってくると問題は、どれほどの規模なのかだ。

ダンジョンのように深く広いのでは、制限時間内に戻ってこられないかもしれない。確かめる必要がある。
(ユノ)

（わかっておる）

ユノは僕の意図に気付いているようだ。小部屋の床に手を当て、建物の構造を探る。

（ほう……これはまた……）

（何かわかったのかい？）

（中々広いのう。じゃが、これなら調べるのに時間はかからんじゃろう）

ユノは少し変わった言い回しをした。口ぶりからして、ただ広いわけじゃなさそうだ。彼女はすでにここがどういう遺跡なのか、気付いているのかもしれない。

（下りても大丈夫なんだね？）

今一度ユノに確認を取ると、彼女は頷いた。

（なら進もう）

僕らは階段を下ることにした。

階段の上まで移動して、中を覗き込む。わかっていたけど、数段見えるだけであとは真っ暗だった。深海で、さらに建物の中だから余計に暗い。

（このまま進むのは危険かな？）

不安になってユノに尋ねてみる。

（ワシは多少見えとるよ）

（私は全然です）

それなら少しは視界を確保できているユノに案内を頼むか。でもこんなに見えないと、調査ができないな。

（仕方ない、明かりを使おう）

（あるのですか？）

（うん、一応持ってきてるんだよ）

僕はグラに、ボウガンとは別に腰にぶら下げた手のひらサイズのランタンを見せた。

これはユノと一緒に作った海底でも使える光源だ。この魔道具に魔力を流し、明かりを灯した。

僕はランタンの眩しさに思わず目を瞑る。しばらくして目が慣れて、建物内がはっきり見えるようになった。

（よく見えますね！　でもウィル様、どうして今まで使わなかったんですか？）

（光とかの強い刺激があると、襲ってくる魔物がいるらしいんだ。だからあんまり使いたくなかったんだよ。ただささすがに暗すぎるからね）

（なるほど、そういうことだったんですね）

（これで魔物に襲われる危険も上がったがのう）

ユノが懸念を口にすると、グラが明るく言う。

（そのときはお任せください！　私が必ずお二人を守ってみせます！）

（うむ）

（よろしく頼むよ）

ユノと僕がそれぞれ言葉を返した。

明かりを灯した僕らは、いよいよ階段を下る。

階段の幅は、大人三人が横並びで通れる程度しかない。段差も、僕らが普段使っている階段より高い。

さらに下ってすぐ、グラと僕は左右を見渡して気付いた。

(ウィル様)

(うん……壁がないね)

左右とも吹き抜けになっていた。明かりで見える距離には、壁などの障害物は見当たらない。階段の周辺には、かなり広い空間が広がっているみたいだ。

(とりあえず階段に沿って下りようか)

真っ直ぐ続く階段に沿って進んでいくと、階段の終わりが見えてくる。ここにたどり着くまでかなり下ってきた。階段の長さだけなら、十階建てくらいはあるんじゃないだろうか。

(ねぇユノ、この遺跡ってもしかしてドームみたいな形なの?)

僕が尋ねると、ユノは頷く。

(正解じゃ。このまま真っ直ぐ行けば、この遺跡の正体がわかるぞ)

僕はユノの言葉の意味を確かめるため、言われた通りに真っ直ぐ進む。

すると――

(これって柱?)

見えてきたのは、大きくて太い柱だった。

柱が一定の間隔で並んでいる。

（大きい……）

グラが見上げる。

明かりが足りなくて、上までは見えない。

それでも十分に柱の大きさは伝わった。柱そのものも特徴的だ。

（この柱……何かの資料で見たような……）

僕は誰に言うでもなしに呟いた。

地上にある遺跡の一つに、これと同じ柱が並んでいるところがあったはずだ。かなり有名な場所で、確かあれは……

（そうか神殿か！）

（うむ）

僕の答えを聞いて、ユノが頷いた。

この柱は地上にある神殿と同じ模様をしている。よくよく思い返すと、造りも同じなんじゃないだろうか？

ようやく僕には、ここがどういう遺跡なのかがわかってきた。

僕らが探索に来たのは、海底遺跡ならぬ海底神殿だったのだ。

神殿とは、人々が神を称《たた》えて建造した信仰の象徴。祈りを捧げたり、神降ろしを行ったりする場所だったらしい。

神聖な場所であることは間違いないが、人の手で造られた建物なので、時間が経てば劣化していく。現代まで残っている神殿はごく僅かで、発見されているのは世界で三ヶ所のみ。ここは未発見の神殿ということだ。

(世紀の大発見じゃないですか！)

興奮するグラを見て、僕は苦笑する。

(それはそうだけど……場所がこんな海底じゃ、見つけたって誰も確かめに来られないよ)

言っても誰も信じてくれないだろうなぁ。いやまあ、そんなことは今はどうでもいいんだけどさ。

(ユノ)

(何じゃ？)

(神殿って来るの初めてなんだけど、何があるの？)

僕はユノに尋ねた。神代の時代から生きてきた彼女なら、神殿もたくさん見てきたことだろう。

(大して何もないのう。信仰する神の像じゃったり、祈りを捧げる祭壇があるくらいじゃ)

なるほど、期待していたほどじゃなさそうだな。

もっと色々なものが眠っていると期待していた僕は、ガッカリして肩を落とした。

ユノが説明を続ける。

(神殿はダンジョンとは違う。何かを保管したり、隠したりする場所ではないからのう……そもそも人間が勝手に造った場所じゃ。大した力も宿っておらんよ)

(となると、僕らが欲しい情報はなさそうだね)

（かもしれんのう。確認するのが早いじゃろう）

（うん、じゃあそうして――）

その瞬間、僕は広い空間に、僕ら以外の気配を感じた。

水中だから音は聞こえない。肌に感じる水の流れが、大きな何かが蠢《うごめ》いたことを知らせたのだ。

（お二人とも気をつけてください！　何か潜んでいるみたいです）

グラが叫んだ。僕はとっさにユノに尋ねる。

（ユノ！　何かわかる？）

（少し待て）

ユノはもう一度細かく周囲の情報を読み取る。

（中央に巨大な建造物……以外は何もなさそうじゃぞ）

（建造物？　さっき言ってた祭壇か像かい？）

（おそらくのう）

ユノが反応があった方向を指さす。その先は光が届かない距離で、今の位置からでは確認できない。

僕はごくりと息を呑み、慎重に近づいていく。

グラは腰に携《たずさ》えた刀に触れ、いつでも抜刀できるように準備している。僕もボウガンを手に取り、いざとなったら撃てる準備だけはしておく。

そして――

像の足が見えた。脚の部分だけで僕らの倍の高さがある。下から見上げても、大きすぎて腰くらいまでしか視界に入らない。

（これが神の像……っ！）

驚く僕をよそに、グラがはっと息を呑んだ。僕とユノも気付き、明かりを上に向ける。

像の腰のあたりで何かが動いている。

それは、ぐるりとベルトのように巻きついていた。光る二つの目玉。丸太のように太く、ロープのようにしなやかな身体。

地上でも見たことのある生物、だけどその何十倍もの大きさを持つ異質な怪物がいた。

（海の大蛇！　シースネークじゃ！）

ユノが叫ぶと、大蛇は像の足元に下ってくる。

僕とユノはグラに手を伸ばし、重力魔法で軽くなった身体で一気に後方へ退《さ》がった。

（あれは猛毒の蛇じゃ！　噛まれれば即死じゃと思え！）

僕はそれを聞いて震えた。

（なら逃げる？　今なら引き返せるんじゃない？）

（スピードはあちらが上じゃ。追われれば逃げ切れん）

（こっちに来ます！）

声を上げたグラが刀を抜いて構えている。大蛇はウネウネと蛇行《だこう》しながらこちらへ迫ってくる。

（お二人は下がってください！）

大蛇は前に出たグラに突進する。大きく口を開け、丸呑みにしようとしている。グラは地面を蹴って宙返りし、大蛇の上に乗って最初の攻撃をかわした。そのまま大きく振りかぶり――

（重力魔法――最大出力！）

グラは刀の重さを最大限に引き上げ、振り下ろした。

まるで豆腐でも切るように、スルリと刃が入っていく。大蛇は刃から逃れようと大きくうねった。

（っ――）

動きの激しさに負け、グラは大蛇の胴体から振り落とされてしまう。大蛇はその隙《すき》をついてグラを呑み込もうと頭を向ける。

体勢を崩したグラはその攻撃をかわせない。

（グラ！）

呑み込まれそうになる直前、僕はボウガンを大蛇に撃ち込む。

矢は目に命中して、大蛇は口を閉じた。

（もう一回！）

僕はグラに向かって叫んだ。

（はい！）

グラはすかさず刀を振り上げた。重力魔法を唱え、最大の重さで振り下ろす。今度は脳天から顎にかけて、スッパリと大蛇を斬った。

（やりました！　ウィル様！）

（うん、お疲れ様）

グラは満面の笑みを浮かべて喜んでいる。

大蛇の頭は左右に割れて、床に横たわっていた。

（見事じゃな、グラよ）

ユノもグラの戦闘に感心しているようだ。

僕もユノに続いてお礼を言う。

（ありがとう、グラ。君のおかげで助かったよ）

（助けられたのは私のほうです。ウィル様が隙を作ってくださったから勝てたんです）

危機を脱した僕らは、神の像のところに戻る。下からは腰までしか見えないから、顔がある場所まで水中を上っていく。

（凛々《りり》しい像だね）

（……ポセイドンじゃな）

ユノが呟いた。

（ん？）

（この神殿に祭られている神の名じゃ。海の神ポセイドン）

（海の神……か。相応《ふさわ》しい場所だね）

（うむ）

海の支配者と対面した僕らは、いつの間にかその像に見入っていた。

8　イルミナ帝国

海底の遺跡は、ポセイドンという海の神を祭った神殿だった。

結論から言えば、それ以上でも以下でもなかった。

大蛇が巻きついていたポセイドンの像以外に、新しいものは見つけられなかった。収穫はゼロと言わざるをえない。

「ぷはぁっー！」

四時間ぶりに地上の空気を吸う。時刻は正午を回り、太陽は中天にある。

僕らは浜辺まで泳ぎ、砂浜に倒れ込んで休息を取る。

「長時間潜っているのは疲れるね」

「じゃな。慣れんことはするものではないのう」

しみじみ呟くユノ。僕はグラにも声をかける。

「グラは大丈夫かい？」

「ごめんなさい。私もちょっと限界みたいです……」

グラは仰向けに横たわっていた。呼吸の荒さから、疲れているのがよく伝わる。

「一番頑張ってくれたからね」

「そうじゃな。主には助けられたわい」

僕とユノは改めてグラに感謝した。

「いえ、それが私の役割ですから」

グラは満足げに笑った。

「歩けそう？」

「……まだ無理そうです」

申し訳なさそうに答えるグラ。歩くどころか、起き上がることも大変みたいだ。

このまま疲れが取れるまで待っても良いけど、濡れたままでは風邪を引いてしまうかもしれない。せめて着替えてから休まないと。

僕はグラを抱きかかえた。

「このまま運んであげるよ」

「ウィ、ウィル様これは――」

僕は赤面するグラを抱えたまま、飛び込んだ海岸を目指して歩き出す。後ろにユノがついて来ている。

僕はふと思いついてグラに言う。

「そうだ！　戻ったら頑張ってくれたお礼をするよ。何か欲しいものとかあれば教えてね」

「……もう十分です」

「えっ、何で？」

グラはそのまま黙り込んでしまい僕は慌てた。何か悪いことを言っただろうか。

「そういうところは成長せんのう……主は」

ユノにも呆れられ、僕は戸惑う。

「え、えぇ？」

僕だけが理解できなくて、チンプンカンプンなまま歩き続けた。


しばらく歩いて、飛び込んだ崖までたどり着く。

隠しておいた荷物の無事を確かめ、木陰に隠れて着替えることに。

到着した頃にはグラも、多少動けるくらいには回復していた。

「着替え終わりました！」

「ワシも良いぞ」

女の子二人の支度が終わったので、僕も立ち上がった。

「じゃあ戻ろうか」

「はい！」

「うむ」

ユノの扉を目指して帰り道を行く。

「グラ、歩いて大丈夫かい？　キツいなら今度はおぶろうか？」

「だ、大丈夫です！　そこまでしてもらったら、逆に歩けなくなっちゃいますから」

「そ、そう？　大丈夫なら良いけど……」

グラは上機嫌だった。遺跡のほうはイマイチだったけど、グラが楽しそうだし、良しとするか。

穏やかな時間が流れる。

しかし、ユノの扉まであと少しというところで突然悲鳴が聞こえた。

「何じゃ⁉」

「悲鳴？」

ユノと僕が驚く中、グラは冷静だった。

「女の子の声でしたよ！」

森の中で誰かが叫んでいる。悲鳴が聞こえたほうを見つめる。移動しているのか、音が遠のいたようにも思えた。

「誰か、誰か助けてぇ！」

「あっちだ！」

今度ははっきりと聞こえた。助けを求める声の方向に、僕らは急いで駆ける。森の木や枝をかき分けてたどり着いたのは、二つの岩が並んでいるやや開けた場所だった。

「あれじゃ！」

ユノが指をさす方向には、岩の間に倒れ込んでいる少女がいた。

サトラのようなピンク色の髪をした女の子だ。ボロキレみたいに薄くて汚い服を着ている。まるで奴隷だった。

「グルゥウゥウ……」

「ウルフに襲われています！」

グラが叫んだ。倒れた少女の近くには、狼の魔物が迫っていた。小柄な少女の五倍はある大きな魔物だ。

少女は恐怖し、涙を流している。足が震えて立てないのか、その場から逃げようとしない。

ウルフが大きく口を開け、少女へ襲いかかった。

「ウィル！」

「わかってる！」

僕はボウガンを取り出し、狼の頭に矢を撃ち込む。間一髪、狼を止めることができた。

襲われていた少女が、恐る恐る目を開ける。

「あっ……え？」

「もう大丈夫だよ」

混乱する少女のもとへ僕らは駆け寄った。近づいて初めて気付いたけど、少女の額には角が生えている。

「その角……」

「鬼族《おにぞく》じゃったか」

ユノが少女の種族を口にした。グラも同意する。

「みたいですね。でもどうしてこんな場所に？」

グラがあたりを見渡す。一面森に囲まれていて、他には誰もいない。

サトラからこの近くに鬼族が住んでいるなんて聞いていないし、疑問がいくつも浮かんでくる。

少女はまだ混乱しているようだけど、僕はとりあえず尋ねてみることにした。

「ねぇ君、どうして――」

僕が話しかけると、少女は勢いよく立ち上がり、僕の脚にしがみついてきた。

「え、ちょっとどうしたの？」

「お、お願いします！　お兄ちゃんを助けてください！　お願いします！」

必死に懇願する鬼の少女。僕は話を聞くために少女を落ち着かせようとする。

「ほら、少し冷静に……」

「お兄ちゃんが……このままじゃ、うぅ……」

少女はしがみついていた手を離し、どさりと地面に倒れ込んでしまった。

「心配いらん。気を失っただけじゃ」

「そっか……よかった」

ユノの言葉に安堵した僕は、少女を抱きかかえる。

手足は傷だらけで、服はボロ雑巾みたいに汚れている。

「この子は一体……」

「わからん。ひとまず屋敷へ戻るのはどうじゃ？」

「そうだね。先に手当てだ」

僕らは、昏睡《こんすい》した鬼の少女を屋敷へ連れ帰った。

すぐに万能薬を使い、来客用の布団で横になってもらう。かなり衰弱していたようだが、万能薬が効き始めると落ち着いた。

グラも疲労が溜まっているようだったから、イズチに頼んで送っていってもらうことに。

「こいつはちゃんと働いたか？」

イズチの問いに僕は笑顔で答えた。

「もちろん。彼女のおかげで助かったよ」

「そうか。よくやったな、グラ」

「はい！」

イズチがグラの頭をなでる。僕も彼女に感謝を伝える。

「今日はありがとね。また今度お礼するから」

「お礼なんて必要ありません。私はウィル様のお役に立てただけで満足ですから」

グラはきっぱりと言った。でもそれでは僕の気が収まらない。

「そんな風に言ってもらえるのは嬉しいけど、だからこそちゃんとお礼はさせてもらうよ。またね、グラ」

グラを見送った僕は、急ぎ足で少女の眠る部屋に戻った。

そろそろ目を覚ましていないか、と期待して扉を開けたが、まだ起きていないらしい。ベッドの傍らにはソラがいて、少女の様子を見てくれている。

「ソラ、彼女の容態はどう？」

「脈と呼吸は正常。熱は少しあるようですが、落ち着いています」

「そっか。命に別状がないなら良かったよ」

僕はとりあえずほっとした。

するとソラが僕を真っ直ぐ見つめてくる。

「では、そろそろ何があったのか話してもらえますか？」

「あーうん、まだ話してなかったね。実は――」

僕はソラに事情を説明した。最後まで話し終えると、ソラは俯きながら考えて、やがて顔を上げる。

「サトラさんには何か聞きましたか？」

「うん、さっき話したよ」

僕もあのあたりの場所に詳しいサトラなら何か知っているかと期待した。だから帰還してすぐに彼女を探して、意見を聞いてみた。

「サトラも鬼族が近くにいるなんて知らなかったって」

「そうですか……他のエルフの方々には？」

「そっちは今、ユノに頼んで聞いてもらってるよ」

そのとき、ガチャリと扉が開く音が聞こえる。

僕らが振り返ると、ユノが戻ってきたところだった。

「聞いてきたのじゃ」

「噂をすれば、だね。どうだった？」

僕が尋ねると、ユノは首を横に振った。

「そっか……」

「奴らも鬼族の存在は知らんようじゃ。そもそも自分たち以外の亜人種が、あの周辺にいたことに驚いておったわ」

「残るは……」

ソラが眠っている少女に視線を向ける。あとは彼女が起きるのを待つしかないようだ。

「相当衰弱していたからね。今日のところは目覚めないかもしれないなぁ」

僕の言葉に、ソラが頷いて応えた。

「無理に起こすのも可哀想ですし、このままゆっくり休んでもらいましょう」

「それが良さそうだね」

さて、その間何をしようか。う～んとうなりながら考える僕を見て、ユノが提案してきた。

「イルミナ帝国じゃったか？　あの場所を治めておる国は」

ユノが言っているのは、少女を見つけた場所のことだろう。

「確かそうだね。僕も詳しくは知らないけど」

「ならば詳しく知っておいても損はないじゃろ」

僕は一瞬ユノの言葉の意味を計りかねたけど、すぐに思い当たった。

「あーそっか！　じゃあ今からイルミナ帝国を調べよう！」

「その前にウィル様も休んでください。あなたまで倒れられては困ります」

途端にソラの厳しい声が飛んできた。

「……はい」


ソラにちょっぴり怒られた僕は、夕食のあとに仮眠を取ることにした。

しかし思った以上に疲れていたらしく、仮眠のつもりがぐっすり眠ってしまった。

「ぅ……あれ、今……」

自分の部屋で目覚めた僕は、寝ぼけ眼《まなこ》で時計を確認する。

気付けば朝の四時を過ぎていた。慌てて飛び起きた僕は、ユノの研究室に駆け込んだ。

「ずいぶん遅かったのう」

「ご、ごめんユノ」

「ふんっ！」

ユノは僕が来るのを寝ずに待っていてくれたらしい。しかし、一向に来ないので、完璧にむくれてしまっていた。どうしたら機嫌を直してくれるのか聞いてみると……

「主の膝で朝食まで眠る。主は一人で勉強でもしておれ」

「そんなので良いの？」

「いいからはよぅせい！」

「は、はい！」

そう言って、ユノは僕の膝を枕代わりにして横になった。

ユノは十秒も経たない間に、すやぁと眠りに落ちた。

傍らには、ユノが準備しておいてくれたイルミナ帝国についての資料がある。

僕は彼女が目を覚まさないように、そっと資料に目を通していった。

三時間後――


あと十分くらいで、ソラが朝食に呼びに来る頃合だ。

資料も大体目を通せたし、そろそろユノには起きてもらおう。

「ユノ、朝だよ」

「ぅ……むぅ……もう朝か？」

「うん。おはよう、ユノ」

「まだ眠いのじゃ……」

ユノは目を擦《こす》りながらむくりと起き上がる。

寝起きでフラフラな彼女の手を引き、僕は食堂へ足を運ぶ。その道中でソラとばったり出くわして、彼女から報告を受ける。

「鬼族の少女が目を覚ましましたよ」

「本当かい？　すぐに行くよ！」

「うおっと、何じゃ急に！」

ユノの手を勢いよく引いたせいで、寝ぼけていた彼女も完璧に目を覚ましたようだ。

僕らは駆け足で部屋に向かう。

扉を開けてすぐに、ベッドの上で身体を起こしている少女と目が合った。

「おはよう。目が覚めてよかったよ」

僕が声をかけると、少女は戸惑いながらこちらを見た。

「あなたは……」

「僕のことを覚えているかな？」

少女はこくりと頷く。

「僕はウィリアムだ。そしてここは僕の屋敷だよ」

「……」

少女は落ち着いている様子だ。あのときのように取り乱していない。だけど、状況をよく理解できていないって顔をしているな。

「さて、色々と聞きたいことがたくさんあるんだけど……先に君の名前を教えてもらえるかな？」

「リ、リンです」

「リンちゃんか。良い名前だね」

響きがとても良い。淡い桃色の髪に、額から伸びる角。小さく縮こまった姿は可愛らしい。

不安そうにこちらを見つめる彼女を安心させるため、僕は優しく語りかける。

「リンちゃん、言える範囲で構わない。何があったのか教えてもらえないかな？」

「……」

リンちゃんはすぐには答えてくれなかった。僕とソラを眺めて考えている様子だ。僕らが人間だから、警戒しているのだろうか。

「もしかしたら、力になれるかもしれないんだ」

「……」

どうやら警戒を解くほうが先のようだ。

僕がそのための言葉を選んでいると、部屋の扉が勢いよく開いた。

「おっはよー！　目が覚めたって聞いて様子を見に来たよー！」

「ニーナさん、もう少し静かに入りましょう。目覚めたばかりで驚いてしまうわ」

入ってきたのはニーナとサトラを始めとしたメイドたちだった。

リンちゃんは彼女たちを見て、目を丸くして驚いている。

「あっ！　ウィル様もおはよう！」

「おはよう、ニーナ。良いタイミングで来てくれたね」

「ん？　よくわかんないけど、ウィル様の役に立ったなら嬉しいなぁ」

僕はリンちゃんのほうへ視線を戻す。驚いた表情の彼女に、僕は説明を始める。

「彼女たちは僕のメイドだよ。信じられないかもしれないけど、この街にいる人間は、ここにいる僕とソラだけなんだ」

僕がそう言うと、リンちゃんはさらに目を見開いた。

これで多少は警戒を緩めてくれただろうか。

改めて、僕は彼女に問いかける。

「僕たちは君の敵じゃないよ。だから教えてくれないかな？」

「……助けてくれますか？」

リンちゃんはか細い声でそう口にした。弱々しく、消えてしまいそうな声だった。

僕はゆっくりと頷く。

「もちろん。君が助けを求めるなら」

「お兄ちゃんを……」

リンちゃんは涙を流しながら言葉を継ぐ。

「お兄ちゃんを助けてください」

出会った直後にも、同じようなことを口にしていた。

彼女は溢れる涙を拭って、僕に何があったのかを話してくれた。

リンちゃんにはトウヤという兄がいた。

あてのない旅をしていた二人は、イルミナ帝国に立ち寄った。

当初はなんとか素性を隠していたようだが、運悪く角を見られてしまい、鬼族であることがバレてしまう。

珍しい亜人種である鬼族の情報は、すぐに国の首脳へ伝えられ、二人を捕らえるために軍が動いた。二人は必死で逃げたが、圧倒的な人数差には敵《かな》わず捕まってしまった。

捕らえられた二人は、軍の研究機関に送られた。

そこでは兵器開発などが行われていて、二人は人体実験の被験者にされてしまったらしい。

リンちゃんは実験が始まる前に、研究者からこう言われたそうだ。

鬼族は希少な種族だ。お前たちにはいずれ、我が国の生物兵器として活躍してもらう、と。

「生物兵器だって……？」

話を聞いている間、僕は腸《はらわた》が煮えくり返るような気分だった。発言や行動が、命への尊厳を欠いていることに腹が立つ。

込み上げる怒りを我慢している僕の代わりに、ソラがリンちゃんに質問する。

「リンさん、答えたくなければ話さなくてもいいですけれど……どういう実験をされたのですか？」

しかし、リンちゃんは気丈にソラの問いに答える。

「私たちのスキルを制御する実験……と言っていました」

「スキル？」

「【狂化《きょうか》】だね」

ソラの呟きに僕が返すと、リンちゃんが頷いて肯定した。

この場にいるほとんどが、鬼族についてあまり知らない。だから僕は、彼女たちに鬼族の特徴を説明した。

鬼族は、亜人種の中でも戦闘に特化した種族だと言われている。

高い身体能力を持ち、知覚や反射神経も群を抜いている。

そして、彼らには【狂化】というスキルが備わっている。

この力を発動すれば、理性を失う代わりに戦闘力を何倍にも増幅できる。ただし自身でも制御できないらしく、一度使えば味方すら手にかけてしまう可能性があるという。

数百年前までは、戦闘種族として知られ、国や組織に雇われ、たくさんの戦いに参加していたそうだ。

しかし、強すぎる力が危険視された。

彼らを好きなだけ利用した人間たちは、戦争が終わると罠《わな》などの卑劣な手段を使い、彼らを根絶《ねだ》やしにしようと動き出した。

戦闘力では勝る鬼族だったが、数では人間に圧倒的に劣るので、たった三日ほどで種族の大半が殺されてしまった。

公式に残されている記録では、鬼族はこのとき全滅したとされている。ただ、ひっそりと生き残っている者たちはいるらしく、リンや彼女の兄はその者たちの末裔《まつえい》だった。

「つまり、その実験で鬼族の【狂化】を制御して、自分たちの好きなように動く兵器に作り変えようとしているのか」

「……はい」

僕が確認するように言うと、リンちゃんは頷いた。

薬物投与や電流、熱といった刺激を加えられ、抵抗すれば暴行される。そんな日々をリンちゃんは耐えた。

だが、彼女はまだ幼く、兄のトウヤよりも実験の負担は大きかった。

日に日に増していく苦しさに、リンちゃんはいずれ自分が死んでしまうことを予感したそうだ。

それに気付いたトウヤは、リンちゃんを逃がすために自ら【狂化】を発動した。

「お兄ちゃんは私に……オレが暴れてる間に逃げろっ！　って……怖くて……あんなお兄ちゃん見たくなかった」

【狂化】した兄は、周囲の人間を見境なく襲っていたそうだ。

その姿に恐怖した彼女は、兄からも逃げるように飛び出した。そのことを激しく後悔しているようだ。

「お願いします。このままじゃ、お兄ちゃんがいなくなっちゃう」

リンちゃんの願いを聞いた僕らは、同じ気持ちだった。僕は皆を代表して、涙を流す彼女に伝える。

「任せて。必ず僕らが、君のお兄さんを助け出す」

リンちゃんの頬を伝う涙を、僕はそっと拭う。

「だから、もう泣かないで」

優しく微笑みながらそう言った。

リンちゃんは僕の言葉に反して、いっそう涙を流した。

優しい言葉をかけられて、安心したのだろう。僕は彼女の頭をなでながら、自然に泣き止むまで待つ。

その後、リンは泣き疲れて眠ってしまった。

その間に僕は皆を集めて話し合うことにした。

屋敷の執務室には僕とユノ、メイドたちに加えてギランとイズチも同席している。

「イルミナ帝国に潜入しようと思う」

僕は最初に、これからどうするかを宣言した。

事情を知っている皆は冷静にその言葉を受け止めていた。

「怒らないんだね」

「普段なら怒っていましたよ」

ソラがはっきりと言った。

「ですが、このまま放っておけませんからね」

「ソラ……ありがとう。皆も協力してほしい」

見渡すと、皆が真剣な表情で頷く姿が、僕の目に映った。

僕にはそれが誇らしく思えた。

ユノに目くばせをすると、彼女が話を先に進める。

「ワシとウィルで、イルミナ帝国について調べた。今からわかったことを話す」

イルミナ帝国。総人口は五千万人、有する国土はウェストニカ王国とほぼ同じ。建国されたのは百二十年前と歴史が浅く、元の国土は現在の半分以下だった。

しかし、二十年ほど前に新しい帝王リガルド・ロードマンが即位してから、イルミナ帝国は生まれ変わった。

軍備を増強して、戦争を繰り返すことで国土を広げていったのだ。新帝王即位からたったの十年で、国土は現在の広さまで拡大した。

人口のほとんどは人類種——つまり人間であり、半数以上は戦争で手に入れた奴隷。世界トップクラスの軍事力を有しており、新たな兵器開発に力を入れている。

「以上がイルミナ帝国についてわかったことじゃ」

僕はユノの話を総括する。

「軍事力を用いてここ十数年で大きく勢力を広げている国。それがイルミナ帝国なんだ」

「たった十年で国土を倍に……恐ろしいですね」

「うん。僕もそう思うよ、ソラ」

ソラだけでなく、他の皆も息を呑んでいた。

そんな中、黙って考え込んでいたイズチが口を開く。

「なぁウィル、もうちょっと具体的なことはわからないか？　例えばどんな兵器を作ってるのかとか」

僕は首を横に振って答える。

「詳しいことはわからなかったよ。イルミナ帝国は、自国に関する情報を国外へ漏らさないように徹底してるみたいなんだ」

僕に続いてユノが補足する。

「ワシらが調べた情報も、これまでの経緯を踏まえた憶測が混じっておるんじゃよ」

「そうか……潜入するのは帝都にある研究施設なんだよな？」

イズチの質問に僕は頷いた。

リンちゃんが捕らえられていた場所は、帝都にある軍事研究所と呼ばれる施設だと、事前に確認してあった。

王城に隣接している施設らしく、警備も厚いと思われる。

「せめて帝都の構造くらいは知りたかったたな」

イズチの言うことはもっともだ。

「そうだね。研究所の内部構造もわからないし、行って調べるしかないみたい」

「研究所の構造なら、ワシが直接行けばすぐ調べられる。問題は潜入方法じゃな」

こういうとき、ユノはいつも以上に頼もしい。

彼女の言う通り、まずは帝都に入る手段を考えなくちゃ。

噂では、帝都に入れるのは純粋なイルミナ帝国民だけらしい。それ以外の者が出入りするためには、国が発行する許可証が必要だそうだ。

「まあ正攻法では許可証は発行されんじゃろうな」

僕はユノの言葉に頷く。

「うん、だから忍び込むしかないと思う。そのための準備をしなくちゃね」

「装備作んなら、俺も手伝うぜ」

「ありがとう、ギラン。助かるよ」

装備品などはギランに任せるとして、あとは――

「あとは誰が行くかじゃな」

「とりあえず、僕とユノは確定かな」

「うむ」

ユノが一緒にいてくれないと色々困るからね。いざというときには扉を使って脱出できるし、彼女なしには話が進まない。

それから何人で行くかも重要だ。

結論から言って、あまり大人数で行くのは得策じゃないと思う。

今回は迅速かつ、目立たず行動する必要がある。人数が多ければ多いほど、怪しまれたり見つかったりする危険性が増える。従って人数は最小限、少数精鋭で侵入するのが良い。

僕はこれを皆に説明し、納得してもらった。

「なら俺が行くぞ」

そう言ったのはイズチだった。

「もしかすると戦闘になるかもしれないだろ？　俺が一緒のほうが生存率は上がると思うぞ」

「ワシは異論なしじゃ」

イズチの申し出にユノも賛成のようだ。もちろん僕も文句はない。

「僕も良いと思う。イズチが一緒なら心強い」

「決まりだな」

「うん。イズチ、ユノ、よろしくね」

こうして侵入作戦に参加するのは、僕とユノとイズチの三人に決まった。

作戦決行は、準備が整い次第とした。

それまで僕とイズチは、少しでも情報がないか、もう一度探ってみることにした。

なるべく早く助けに行きたい。ただし失敗は許されない。

今まで色々困難はあったけど、今回が一番大変かもしれないな。


その数日後——

ユノとギランが装備を製作してくれている間に、僕とイズチはイルミナ帝国の偵察に向かうことにした。

遺跡探しにも使った海岸沿いに出る扉を潜り、世界地図を頼りに帝都を目指す。

事前情報によると、イルミナ帝国の都ラプレスは、周囲を森に囲まれた場所にあるらしい。

僕らが進んでいるこの森の中心に、おそらく帝都があるはずだ。

「確認しておくけど、今回は様子を見に行くだけだからね？」

「わかってるよ。にしても窮屈な格好だなぁ」

イズチは僕らの格好に文句たらたらだ。僕とイズチは、薄茶色い布マントを羽織って全身を隠しているのだ。

「仕方ないよ。万が一があるし、僕らは顔を見られるわけにはいかないからね」

中へ入るつもりはないけど、観察のためできる限り接近するつもりだ。もしかすると、帝国の人に会ってしまうかもしれない。

念には念を、ということでこんな格好をしている。

大きな尻尾のあるイズチには、この格好が窮屈で仕方ないようだ。

「本番はもっと楽な格好で行きたいな」

「ユノたちが作ってるのも、こういうマントみたいな感じだったよ」

「だよなぁ……まっ、我慢するさ——おっ」

「イズチ？」

「前見ろ、見えてきたぞ」

僕はイズチの言う通り、視線を前に向ける。

木々が切り倒され、人工的に造られた空間に、そびえ立つ大きな壁が見えてきた。

鼠色《ねずみいろ》のコンクリートの壁は、帝都の街並みを覆い隠している。

僕らは森の中から様子を窺《うかが》いつつ、ぐるりと回って入り口を探した。

「あったぞ、ウィル」

北と南に大きな門が一つずつあるようだ。

残念ながら固く閉ざされていて、中の様子までは確認できない。

大きな門の横には、人が通るための小さな扉がある。

「門番がいないな」

訝《いぶか》しげなイズチ。僕も疑問を口にする。

「普段はどうやって中に入っているんだろう」

「もう少し待ってみるか？　誰か出てくるかもしれないし」

「そうだね」

それから一時間くらい粘《ねば》ったが、扉が開く気配は一切なく、誰一人現れなかった。

僕らはふぅとため息を漏らし、今いる北門から南門へ移動した。

こちらも北門と同じく閉ざされている。

「いや、待てよ？　なぁウィル、あの小さい扉の横に小窓みたいなのがないか？」

「え、あっ本当だ。黒いガラスかな？」

小さい扉の横に、黒いガラスでできた部分がある。

あれはギランが以前教えてくれた、一方向からしか見えないガラスだろう。

なるほど、あれで外から来る人を判別しているのか。

「大丈夫かよ、俺たち見られたんじゃ……」

イズチは不安そうだ。しかし、僕は首を横に振った。

「この距離なら問題ないと思うよ。森の中だしね。ただ長くいると気付かれるかもしれない」

「だよな。一旦下がるか」

「うん、そうしよう」

僕らは少し後退して、小窓から見えない場所に隠れた。

そこで当日の侵入経路について話し合う。

「入るなら南門だな。北は外部の人間を入れてる感じがなかったし」

「僕もイズチと同じ意見だ。ただ、簡単には入れないよ」

「うーん、考えられるのは……空か」

イズチが上を見上げてそう言った。高くそびえ立つ門の上は、結界に覆われていない手薄な状態だった。

周囲の状況を確認した僕らは、その情報をユノとギランへ伝えに領地に戻る。

二人は研究室で装備製作の真っ最中だった。

「ただいま」

僕が声をかけると、ギランが振り返った。

「おぉ旦那！　無事に戻ってこられたか」

「うん、なんとかね」

「それでどうじゃった？　中の様子はわかったかのう？」

手を休めずに聞いてくるユノ。僕は首を横に振って答えた。

「残念だけど、中の様子まではわからなかったよ」

「帝都周辺は森に囲まれていて、街自体も壁で覆われていた。入り口は北と南に一ヶ所ずつ。北は出入りしている気配がないが、南には外を見通せる窓があった。門番はどっちもいない。門から入るなら南側だな」

イズチが手短《てみじか》に情報を伝えてくれた。

それを聞いた二人は、ふむふむと考えている様子だ。

僕は補足説明をする。

「それと街に結界はなかったよ。だから上から入るのも一つの手かと思う」

「ほう、ならば上から入るほうが安全かもしれんのう」

すると、ギランがユノに同意する。

「俺もそっちに一票だな〜。門から行っても怪しまれて終了！　ってなりそうだしよぉ」

ユノとギランは空からの侵入を推している。僕とイズチもそれには賛成だった。

「じゃあ空からに決まりだね」

僕がそう言うと、イズチがさらなる問題を口にする。

「どうやって空から行く？　あの壁はジャンプじゃ越えられないぞ」

少し考えてから、僕はある人物を思い出した。

「……グラにお願いできないかな？　彼女の重力魔法なら簡単に壁を越えられるはずだ」

中に入ったら、帰りはユノの魔法で屋敷に戻れば良い。

イズチはなるほどと、手を打った。

「ありだな、それ。ついでにグラを外で待機させとくか？　何かあったときの保険として」

「そうだね。グラが良ければだけど」

するど、イズチはにやにやした顔でこちらを見た。

「あいつがお前の頼みを断るわけないだろ？」

「そ、そうかもね。ユノはそれでいい？」

「うむ」

ユノの同意も得られたことで、作戦は決まった。

「よっし、グラには俺から伝えておくよ」

「ありがとう、イズチ。僕はユノとギランを手伝うよ」


作戦決定の日から三日——僕らは潜入に必要な装備を整えた。

夕日が沈み、月が顔を出した頃、僕らは屋敷の玄関に集合していた。

これからイルミナ帝国への潜入捜索を決行する。

ユノとギランの合作である装備を着込んで、武器も準備した。

「じゃあ行ってくるよ」

僕がそう言うと、ソラが穏やかに微笑んだ。

「お気をつけて」

「うん」

そして僕は、ソラの隣に立っているリンを見た。

兄トウヤの救出に向かう僕らを、彼女は申し訳なさそうに見つめている。

そんな彼女の頭をなでながら、安心させるために僕は言う。

「必ずお兄さんを助けてくる。だから帰ってきたときは、ちゃんと笑顔で出迎えてほしいんだ」

「笑顔……」

「そのほうが、きっとお兄さんも喜ぶと思うから」

僕ができる限り優しい口調で伝えると、彼女は力強く頷いてくれた。

「……わかりました！」

「うん、約束だよ」

「はい！」

僕はリンと指切りを交わし、トウヤ救出の覚悟を強くした。

ユノの扉を潜って、イルミナ帝国近隣の森へ移動する。

そこからしばらくは徒歩だ。壁が見えてきたら、周囲の状況を確認し、潜入方法について確かめ合う。

「作戦通りで行く。頼んだよ、グラ」

「はい！　お任せください！」

僕とイズチはグラと手を繋ぎ、ユノは僕と手を繋ぐ。こうすることで、グラの重力魔法がユノにも作用するのだ。

「行きます！」

グラのかけ声で、僕らは宙に浮いた。

壁の高さを越え、さらに上昇していく。一定の高さまで上がったら、帝都上空に移動する。

僕は帝都の街並みを見下ろして、城の位置や方向を確認する。

城は街の北側に建っていた。小さくて見えにくいが、研究所らしき建物も発見できた。

グラが僕に尋ねる。

「城の近くに下りますか？」

「いや、ここで大丈夫。方角と位置は大体わかったし、あとは地上から行くよ」

僕が答えると、グラは頷いた。

「わかりました。私は外で待機していれば良いのですよね？」

「うん。二時間以内に僕らが戻らなかったら、渡してあるボタンを押してほしい」

グラには、緊急脱出用の魔道具を渡してある。発動すれば、僕らを強制的にグラのもとへ転移させられる装置だ。

ユノの魔法を基盤に作られたもので、マーカーが僕らの着ているマントに仕込んである。あまり距離が離れていると転移できないし、一度しか使えない。

「下ろしますよ？」

グラの声を合図に、僕とイズチが彼女の手を離す。重力魔法の効果は消え、僕らは緩やかに加速しながら落下していく。

真下には大きな道があり、街灯で照らされていて明るい。人通りも比較的多い場所のようだ。

着地した僕らは、すぐに周囲の視線や反応を確認した。

「誰も……気付いてないな」

「うん。みたいだね」

イズチと僕が安堵すると、ユノがふんと鼻を鳴らした。

「当然じゃ」

僕らの着ているマントには、認識阻害の効果が付与されている。

周囲の人には僕らが見えていない……わけではなく、見えていても認識できないようになっている。目の前にいて目には入っていても、それを意識できないのだ。

「ユノ」

「すでに地形の把握は済ませたのじゃ」

いつも通り、ユノに街の構造を把握してもらおうと思ったのだが、わざわざ頼む必要はなかったみたいだ。

「こっちじゃ」

ユノの案内に従い、僕らは駆け足で研究所を目指す。

「本当にわからないんだな、これだけで」

イズチが感心しながらそう言うと、ユノが補足する。

「じゃが凝視されたり、魔法などで探られたりすれば見つかってしまうのじゃ」

あくまで認識を阻害しているだけで、透明になっているわけではない。魔力や気配を完全に消せないから、過信しすぎると痛い目を見る。だからこそ、人との接触は極力避ける必要がある。

僕らは、周囲に細心の注意を払いながら進む。

「何だか……普通の街だね」

走りながら街並みや人々を観察していて、僕は呟いた。

イルミナ帝国は戦争を繰り返し、人口の半数が奴隷で、兵器開発や軍事力強化に力を注いでいる。

そんな情報を知っていたから、もっと窮屈で暗いイメージを持っていた。

しかし実際は、ウェストニカ王国の首都と何ら遜色《そんしょく》がない。普通に栄えていて、人々も穏やかに暮らしている。

少なくとも、僕の知っているような奴隷の身なりをしている者は、誰もいなかった。

「ここは首都じゃからのう。純粋な国民しかおらんのかもしれん」

ユノの推測にイズチが付け加える。

「もしくはあれだな。見えないところで働かせてるとか。リンの兄ちゃんみたく、実験台にされてるとかだろ」

「……だとしたら悲しいね」

トウヤ以外にも、陰で苦しんでいる人がいるのだろうか。そう思うと、助けたいという気持ちが湧いてくる。

表情を見て僕が考えていることに気付いたユノは、諭すように言う。

「今は堪《こら》えるのじゃ。ワシらの目的は一人。多くを救う準備などしてきておらん」

「……わかってるよ」

僕が渋々頷くと、イズチに励まされる。

「だったらそんな顔するなよ。リンの兄ちゃんを助け出すこと。今の俺たちがやるべきことはそんだけだ」

「イズチ……うん、そうだね」

トウヤを助け出し、リンと再会させる。今はそれだけを考えよう。

僕は自分に言い聞かせ、心を奮い立たせて駆けた。

9 能力開発研究所

月明かりに照らされた夜道を、僕らは走っていく。

いつの間にか街灯が減ってきて、人通りも少なくなってきた。城が見える距離まで近づいている。

先頭を行くユノの後ろを、僕とイズチが並んで追っている。

「ウィルは銃じゃなくて剣を持って来たのか」

僕は意外そうな顔のイズチに理由を説明する。

「銃は発砲音が大きくて、撃てば周りに聞こえちゃうからね」

「なるほどな……」

「無駄話はその辺にしておけ。もう着くのじゃ」

ユノの声で僕らは立ち止まった。目の前にある横長の建物が、トウヤがいる研究所のはずだ。

周囲は鉄の柵《さく》で覆われていて、隙間から中が見えている。僕は視界の端に入り口を見つけ、二人に告げた。

「二人とも見て。警備の兵がいるよ」

「二人……か。思ったより少ないな」

イズチが警備兵の数を確認する。ユノも状況を把握して尋ねてくる。

「どうするのじゃ？」

「この柵なら飛び越えられるぞ」

「そうだね。マントもあるし、正面から行こう」

僕はイズチの案に賛成した。向こう側も、まさか真正面から侵入するなんて思っていないだろう。

案の定、視界に入るくらい接近しても、警備兵は僕らに気付かない。そのまま跳躍して、扉の向こう側へ着地する。

「建物の入り口は……当たり前だけど閉まってるよね」

「普通に開けて入るか？」

イズチがまたも強硬策を提案するが、ここでは厳しいだろう。

「う～ん、さすがにそれは――」

そのとき、ガチャッとドアが開く音がして、僕らは身構えた。

出てきたのは、入り口の警備をしていた兵と同じ格好の男二人だった。

「おーい！　そろそろ交代の時間だぞぉ」

警備をしていた二人が、大きく背伸びしながら振り返る。

「ふぅ～、やっとかぁ」

出てきた二人が僕らのそばを通り過ぎていく。扉はまだ開いたままだ。

「ユノ、イズチ！」

「おう、今だな」

「うむ」

その隙をついて、僕らは中へ侵入した。

研究所の中は薄暗く、怪しい雰囲気をかもし出していた。

数メートル直進すると、道が二手に分かれている。

「リンちゃんの話だと、トウヤは地下五階の一番深い研究室にいるはずだよ」

僕は二人に改めて伝えた。

「地下か、道はわかるのか？」

「少し待つのじゃ。ワシが探ってみる」

ユノは床に手を当てて意識を集中させた。三秒ほどで立ち上がる。

「右じゃな。地下へ続く階段がある」

「よし、行こう」

僕らは分かれ道を右へ進んだ。駆け足で移動しながら、僕はイズチに尋ねる。

「時間はどのくらい？」

イズチは持っていた時計を確認する。

「三十分くらいだな」

「よし、予定よりも早いね」

これで捜索の時間を長めに確保できる。

リンちゃんから聞けたのは、地下五階の部屋から逃げてきたということだけだ。

彼女も夢中だったし、捕らえられている間は精神的に疲弊《ひへい》していて、建物の細かい構造までは把握できていない。つまり、五階まで下ったら、あとは手探りだ。

百段以上ある階段を駆け下りていく。下りている間は、誰ともすれ違うことはなかった。

「中の警備も思ったより手薄だな」

「確かにそうだね……一人逃げられてるとは思えない」

僕とイズチがそんな会話をしていると、地下五階の入り口に到着した。

一本の長い廊下があって、左右には部屋がいくつもある。

「用心するのじゃ」

ユノの言う通り、ここからは慎重にいく。

音をなるべく殺し、会話も海底で使っていた通信装置に切り替える。

左右にある部屋の扉は、全て閉まっている。

今のところ警備兵の姿は確認できないけど、扉を開けた先にいる可能性がある。

今回はユノの感知能力が頼りだ。

ユノは数秒刻みで能力を使って周囲を調べ、動いている者がいないか探っていく。

(どう?)

(ここは違うようじゃ。次へ行くぞ)

こうして一つ一つの部屋を地道に回っていく。

(ユノ! 上に魔力で作動するカメラがあるよ)

僕は少し焦るが、ユノは落ち着いた様子で言う。

(大丈夫じゃ。カメラ越しでもワシらの姿は認識できん)

廊下の天井には、一定間隔でカメラが設置されていた。警備兵の少なさは、このカメラで補っているのだろうか。

(主よ、この扉の向こうに複数部屋があるようじゃぞ)

(行ってみよう)

扉を開けるときは、トウヤ用に準備したマントを活用する。マントで扉そのものをカメラから見えないように隠すのだ。そうすれば、扉の動きはカメラに認識されない。あとは扉の向こう側に誰もいなければ大丈夫だ。

僕は音を立てないように、ゆっくり慎重に扉を開ける。扉の先には、同じように長い廊下が続いており、左右に部屋がある。

そして――

（これ……）

僕は目を疑った。廊下の左右にあった部屋は、鉄格子で区切られていた。牢屋にしか見えない。罪人が入れられる部屋を想起させる。

それがずっと先まで続いているらしい。

（中に入っておるのは人だけではないのう。魔物もおる）

（にしても酷い扱いだな……家畜以下じゃないか）

ユノとイズチが顔をしかめた。

僕は拳を強く握りしめる。怒りで声を上げてしまいそうになる。

牢屋にいる者の中には、小さな子供の姿もあった。酷くやせ細っていて、今にも死んでしまいそうなくらい弱々しい。

（抑えろ、ウィル）

イズチが僕の肩に手を乗せた。

（……わかってる。でも、許せないんだ）

（俺も同じだ。でも今は……）

僕は大きく深呼吸した。

湧き上がってきた怒りを呑み込んで、目を背《そむ》けるように前に進む。

助けられない自分の不甲斐《ふがい》なさを恨みながら、それでも前を向かなければいけない。葛藤《かっとう》しながら、トウヤを探す。

途中で嫌になって数えるのをやめたけど、牢屋は最低でも二十はある。

しかし、トウヤらしき人物はいなかった。

そして突き当たりに到着する。そこには鉄の扉があった。ユノに中の構造を確認してもらう。

(この先は部屋になっていて、中におそらく一人おる)

鉄の扉には、格子がはめられた小さな窓がある。耳をすますと、そこからかすかに呼吸音が聞こえてきた。

誰かいるのは間違いなさそうだ。

(開けてみよう)

扉に鍵はかかっていなかった。僕はさっきと同じ方法で、マントで隠しながら扉を開けようと試みる。

しかし、手を触れた瞬間、中で何かが動く音が聞こえた。

「誰だ?」

男の声が扉の向こうから届いた。

(気付かれた? 見えてないのに?)

イズチが驚いている。

どういうわけか、中にいる人物は僕らの存在に気付いたみたいだ。

「まさか……リンか?」

（主よ！）

中から聞こえた声に、ユノが僕の肩を叩いた。

（うん、今リンって言ったよ）

（こいつがトウヤか！）

僕らは顔を見合わせて頷く。

それから僕は、小さな窓に口を近づけ、囁《ささや》くように語りかける。

「あなたがトウヤですね？」

「――!?　誰だお前……」

「リンちゃんに頼まれて、あなたを救出に来ました」

「リンに？」

トウヤは訝しむように聞き返してきた。だが、今は説明している時間はない。

「詳細は省きます。今から扉を開けて中に入ります。中は安全ですか？」

「……ああ、中はオレ一人。見張りも仕掛けも、明かりすらねぇよ」

「わかりました」

僕はマントで隠してから、扉を開く。完全に開けることはせず、僅かな隙間から三人で中に入った。

真っ暗闇の中、互いの呼吸音と布が擦れる音を頼りに位置を確認する。

しばらく待って、闇に目が慣れてきた。うっすらと、ユノとイズチの姿を確認できた。

そしてもう一人、手足を鎖《くさり》で繋がれ、首輪をした鬼がいる。

なるほど。これほどの拘束なら、先ほどの扉に鍵がかかっていなかったのも頷ける。

暗くてはっきり見えないけど、イズチと同じくらいの体格で、髪はツンツンの短髪だ。そして、リンちゃんよりも長い角が、額の左右から二本生えている。

「あんたらが……リンを助けてくれたのか？」

「はい」

僕が答えると、トウヤはさらに質問を重ねる。

「リンは無事なんだな？」

「無事です。今は僕の街にいます」

「そうか……」

リンちゃんの無事を知って安心したのが、トウヤから漏れた息でわかった。

「ここを出ます。鎖を外すので、じっとしていてください」

時間がないので、僕はさっそく作業に取りかかろうとするが――

「待て、オレは助けなくても良い。このまま帰れ」

僕は一瞬、トウヤが何を言っているのかわからなかった。

「帰れって言ってんだよ」

トウヤは再び強い口調で助けを拒《こば》んだ。

ユノが腕を組んでトウヤを見据える。

「理由を教えてもらえるかのう？」

「……オレさえ残れば、リンが狙われる心配はねぇんだよ。ここの研究者どもは、オレ一人いれば研究は進むって言いやがったんだ。あいつらはリンを探す気がねぇ……オレが従っている限りな」

自分が残れば、リンちゃんの安全が見込める。トウヤはリンちゃんを守るために、犠牲になろうとしていた。

「オレが逃げれば、あいつまで危険に晒すことになるんだよ。せっかく外に出られて、自由になってもそれじゃ意味がねぇだろ？　だからオレはここに残る」

それからトウヤは僕らに頭を下げてきた。

「リンを助けてくれてありがとな。図々《ずうずう》しくて悪いが、この先もあいつを守ってやってほしい。あいつにはせめて……幸せになって――っ！」

僕は思わず、トウヤの両肩を掴んだ。

自分でも驚いたけど、トウヤの発言に腹が立ったのだ。カッとなって、気付けば手が伸びていた。

「あんたは馬鹿か？」

「あぁ？」

僕は激情のまま詰め寄った。

「守ってやってほしい？　幸せになってくれ？　ふざけるなよ……幸せになんかなれるわけないだろ？」

「だから、オレがここに――」

「あんたを待ってるんだよ。リンちゃんは、あんたの帰りを待ってるんだ。笑顔で迎えるって、僕と約束してくれたんだよ」

「っ……」

肩を掴む力が、無意識に強くなる。

「あんたが助からなかったら、リンちゃんは幸せになれないんだよ。それくらいわかるだろ？」

「……だったらどうしろってんだ？　オレがここから逃げたら、あいつが危険になるかもしれねぇんだぞ……」

すると、トウヤの声色が次第に弱々しくなる。

僕ははっきりと言ってやる。

「守れば良い！　兄ちゃんなんだろ？　一人で足りないなら、僕らが助けるよ！」

「お前……」

僕は掴んだ肩を離した。

怒りで冷静さを欠いてしまった。

反省はしているけど、自分の言ったことは間違っていないとも思っている。僕はトウヤに手を差し出す。

「あなたは違うのか？　もし妹のために戦う覚悟があるのなら――行こう。リンちゃんのところへ」

「……」

トウヤは無言で、僕の手を見ている。

様々な葛藤がよぎっているらしく、深く長く呼吸をしている。

そして――

「つくそ、わかったよ。あんたに乗せられてやる」

僕の手を取った。

トウヤは振り切ったように清々《すがすが》しい表情になる。

僕はそんな彼を見て安心した。

「なら急ごう。鎖を切れば良いよね？」

「ああ、頼むぜ」

僕はユノのほうを見る。

「ユノ、いける？」

「無論じゃ」

頼もしい返事とともに、彼女は魔法で鎖を削り取る。

四肢を拘束していた鎖が破壊され、トウヤは自由に動けるようになった。あとは首輪を破壊して、ユノの力で脱出すればいい。

終わりが見えて、僕らの心に余裕ができる。

すると――

ウーンウーン！

その余裕を打ち砕くように、大きなサイレンが響いた。

鳴り響くサイレンに、僕らは慌てふためく。イズチが大きく舌打ちをする。

「気付かれたのか⁉」

「ユノ！　出口を！」

僕が叫ぶと、ユノは頷く。

彼女が扉を生成して、それを潜ってしまえば大丈夫だ。

ユノは壁に手を伸ばした。しかし、そのときにはもう、先手を取られていた。

バタンという音とともに、地面に足をついている感覚が消える。

「なっ――」

部屋の床が消失したのだ。僕らはそのまま落ちていき、硬い床に激突した。

「っつ……」

「イズチ、大丈夫？」

「受身取り損ねた……ウィルは？」

「僕はギリギリ何とか……二人は平気？」

僕が声をかけると、ユノとトウヤが返事をする。

「ワシは平気じゃよ」

「オレも大丈夫だ」

全員の無事を確認して、僕はひとまず安堵する。

ただし、状況はよくわからない。視界は真っ暗で、ここがどこなのかもはっきりしない。薄《うっす》らとユノたちの姿だけが見えている。

「ここは一体……」

「ようこそ、私の実験場へ」

男の声が聞こえたと思ったら、照明がついて周囲を照らした。

僕らがいるのは、訓練場のように大きな部屋だった。正方形のタイルのような模様が、床や壁に刻み込まれている。先ほどの声の主を探したけど、僕ら以外には誰もいない。

それでも声は聞こえてくる。

「初めまして、侵入者諸君。私はここの所長をしているベイガルドという者だ。侵入者は三名かな？」

ここまで情報を掴んでいるとなると、マントの秘密は看破《かんぱ》されたか。僕は確認の意味を込めて尋ねる。

「僕らが見えているのか？」

「いいや、残念ながら見えてはいない。実に面白い装備を持っているようだね。熱感知センサーがなければ、立ち位置すらわからなかったところだ」

どうやら向こうは、僕らの存在を感知できるらしい。

僕は周囲を見渡すが、窓や出入り口は見当たらなかった。

「残念ながら出口はない。こちらで操作しない限りはね」

「ならば壁を壊すまでじゃ」

ユノが強気に出る。すると、ベイガルドは呆れて言う。

「試すのは勝手だが、あまりおすすめはしないな」

「何じゃと？」

「そんな余裕はなくなるからだ」

「どういう意味ですか？」

僕が問いかけると、ベイガルドは小さく笑った。とても不気味で、嫌な笑い方だ。そしてこう続ける。

「ずっと試したいと考えていたんだよ。私の研究成果が、現状どの程度なのか……それが今、叶う」

キュイーン――

機械が作動する音が聞こえてくる。

音源はトウヤの首についている黒い輪だった。

「ぐっ、うぅ……」

「トウヤ!?」

突然、トウヤが苦しみ出した。

近づいた僕を、彼は力いっぱい突き飛ばして叫ぶ。

「に……逃げろ！」

トウヤの身体から、赤黒いオーラが漏れ出す。オーラは彼を呑み込むように、全身に纏わりつく。

「おいおい！　どうなってるんだ⁉　魔力が膨れ上がってくぞ！」

イズチは驚愕の表情を浮かべていた。

「これってまさか……」

僕がそれを口にする前に、ユノが大声を上げた。

「主ら離れろ！　【狂化】じゃ！」

「オオオオオオオオォォォォォォォォォォ！」

重く激しい雄叫《おたけ》びが、広い部屋全体に木霊する。

トウヤの瞳は赤く変化して、角はバチバチと赤い稲妻を放っていた。

理性をなくし、よだれを垂らしながら、僕らを睨《にら》みつける。

「人為的に【狂化】を引き起こしたようじゃな」

ユノの推測を、ベイガルドが肯定する。

「その通りだよ。さぁ、存分に戦ってくれたまえ！　私に鬼の力を見せてくれ！」

トウヤが雄叫びを上げて地面を蹴る。瞬《また》く間《ま》に接近して、僕らを殴りつけようとする。

「くっ！」

僕らはギリギリで避けた。

トウヤの拳が床に振り下ろされただけで、部屋全体が大きく揺れた。その一撃だけで、威力が桁《けた》違《ちが》いだとわかる。スピードも目で追うのがやっとだ。

「素晴らしい！　被験体の片割れを泳がせたかいがあったぞ！　良い餌《えさ》を運んできたようだ！」

「餌？　俺たちのことかよ！」

「まんまと罠にはめられたようじゃな」

憤《いきどお》るイズチと妙に冷静なユノ。

「二人とも、今はそんなことより――」

僕は目の前のトウヤに注意すべきだと、二人に伝えた。気を抜けば簡単に殺されてしまう。

【狂化】したトウヤは、息つく間もなく攻め込んでくる。

理性を失い、動くものに反応する獣となった彼には、僕らの言葉は届かないだろう。

「おい、ウィル！　お前もさっさと剣を抜け！」

しかし、僕は首を横に振った。

「駄目だよ！　それじゃトウヤを傷つける！」

「何を言ってるんだ！　こっちが殺されそうなんだぞ!?」

「それでも！　僕らは彼を助けに来たんだよ！」

リンちゃんに会わせてあげたい。そのために僕らは、こんな場所まで来たんだ。

イズチに叫び返しながら、僕は自分にも言い聞かせていた。

そんな僕にイズチは呆れた声で言う。

「ったくお前……わかった！　なら準備しろ！　俺が時間を稼ぐ！」

イズチが前に出る。刀を抜き、峰《みね》でトウヤの拳に応戦する。

「ありがとう、イズチ！　ユノ、あれを！」

「受け取るのじゃ！」

ユノが僕に、パイプ状の道具を投げた。パイプの端を押すと、反対側から長い針が出てくる。

僕がイズチのほうを確認すると、イズチはかなりの苦戦を強いられていた。

「――っ、一発でも喰らうと終わりだな」

「下がるのじゃ！」

ギリギリの攻防をするイズチに、ユノが叫んで指示を飛ばした。イズチはその声に従い、大きく後退する。

直後、ユノが黒い玉をトウヤに投げつける。

玉は空中で爆《は》ぜ、強力な光を放ってトウヤの視界を奪った。

「今じゃ！」

一瞬生じた隙を狙いすまし、僕はトウヤの懐に潜り込んだ。

トウヤの視力はまだ回復していない。

「侮《あなど》らないでよ――僕らだって、備えてきたんだ！」

僕はトウヤの腹に針を刺し込んだ。

【狂化】したトウヤの動きが止まる。

僕らの様子を見ていたら、ベイガルドは眉間《みけん》にシワを寄せているだろう。

「何をやっている？　早くその男を殺さないか！」

ベイガルドが叫ぶと、トウヤは大きく拳を振りかぶった。

しかし、トウヤは直後に脱力し、振り上げた腕をぶらんと下ろしてしまう。

「なっ……」

「もう無駄だよ。彼の【狂化】は解けている」

「何だと!?」

ベイガルドは驚愕の声を上げた。

トウヤの身体から、赤黒いオーラが消えていく。殺気と怒りで張り詰めていた緊張が、徐々に緩んでいく。

僕はお腹から針を抜き、トウヤの顔を確認して、そっと離れた。

「気分はどう?」

尋ねると、トウヤはゆっくりと顔を上げて答える。

「良いわけねぇだろ……だがまあ、悪くもねぇな」

「なら良かったよ」

トウヤは【狂化】する前の状態に戻っていた。雰囲気が和らぎ、普通に意思疎通できるのが、何よりの証拠だろう。

僕とトウヤを見て、ユノとイズチは安堵し、ベイガルドは憤怒《ふんぬ》した。

「どういうことだ！　一体何をしたんだ貴様ら!!」

「ふんっ、乱暴な口調じゃのう……怒りで素が出たか」

ユノがからかうように笑うと、ベイガルドは激昂《げきこう》する。

「そんなことはどうでも良い！　質問に答えてもらおうか！」

その問いには僕が答えることにした。

「中和したんですよ。トウヤの中にある毒素を」

「中和……？」

「あなたのおかげです」

「何だと？」

僕らはリンちゃんから、実験の内容を聞いていた。

その中に薬物投与の話があったから、出発までの一週間で、リンちゃんの身体に起きている変化を調べたのだ。

血液を採取し、投与された薬品をリストアップし、それらを中和できる薬を作り上げた。

万能薬をもとに作ったその薬は、投与すれば身体を正常な状態に戻す。

鬼と人間で差異はあるものの、効果はリンちゃんで実証済みだ。

「あなたはさっき、リンちゃんをわざと泳がしていると言っていましたよね？　でもそのおかげで、僕らはこの薬を作ることができました。だから、感謝しているんですよ」

僕は皮肉交じりにそう言った。

ベイガルドはさらに怒り、僕らに罵声《ばせい》を浴びせる。

「ふざけるな！　何が万能薬だ！　ならばもう一度――」

「無駄じゃよ」

ベイガルドがトウヤの首輪を発動しようとするが、それを察知したユノが彼より早く首輪を破壊した。

「これで操作できぬじゃろう？　まあもっとも、薬品を抜かれた状態では、意味をなさんかったじゃろうが」

「ちっ、貴様らぁ……」

ベイガルドの悔しそうな舌打ちが響く。

ユノ曰く、人体実験で投与された薬品で、トウヤとリンは【狂化】を起こしやすい状態になっていたらしい。そうして首輪に特殊な信号を送ることで、【狂化】のオンオフをコントロールしていたようだ。

今は薬品が中和され、首輪も破壊されたので、トウヤはベイガルドの支配から解放されたのだ。

あとはこの場から脱出するだけ。僕がそう思っていると、ベイガルドはくくっと笑う。

「……ふっ、見事だ。まさか、ここまでされるとは想定外だったよ」

「こいつ……おい、ウィル」

「うん」

イズチが懸念していることはわかる。

ベイガルドは急に冷静になった。先ほどまで、出し抜かれた怒りと焦りを感じさせていたのに、なぜか落ち着いた口調に戻っている。その理由を、ベイガルドは自ら話し始める。

「だが、このあとはどうするつもりかな？」

「もちろん帰りますよ」

僕は言葉を選びながら慎重に答える。しかし、ベイガルドは嘲笑した。

「帰る？　まさかと思うが、穴でも掘るつもりかな？　ならば急いだほうが良い。すでにその部屋への空気供給は止めさせてもらった」

「何だと!?」

トウヤが驚きの声を上げた。

「オレたちを殺すつもりかよ……」

「その通りだ。私の研究の細部まで知った君たちを、生かしておくわけにはいかない。実験サンプルを失うことになるが、逃げたもう一匹を捕らえれば済むことだ」

「てめぇ……」

姿の見えない敵を睨みつけるトウヤ。だが、僕は彼の肩をぽんと叩く。

「大丈夫だよ、トウヤ」

「あぁ？」

殺気立つトウヤに笑いかけ、僕はユノに声をかける。

「ユノ、そろそろ帰ろうか」

「うむ」

「イズチも良いよね？」

「ああ、これ以上あんな奴と話してると、気分が悪くなるだけだからな。それに腹も減ったし、さっさと帰って飯にしよう」

二人に確認して、僕はトウヤに向き直った。

「僕もお腹が空《す》いてきたな。トウヤは？」

「えっ、あぁ……まあオレも腹は減ってる」

いやに落ち着いている僕らを見て、トウヤはキョトンとした表情を浮かべる。余裕を取り戻していたベイガルドも、さぞ疑問に思っていることだろう。

僕らはユノについて壁に近づく。

ユノが壁に手をかざすと、見慣れた扉が出現した。

トウヤが驚いて、僕を見る。

「何だよこれ！」

「帰り道だよ。さぁ、リンちゃんが待ってる」

「リン……」

トウヤは呆《ほう》けたように呟く。僕が頷くと、トウヤはわかったと言って、扉の中へ入っていく。

「一体何をしている？　その扉は何だ？」

ベイガルドが慌てているのが声色でわかる。

それを無視してユノ、イズチは扉を潜っていく。

最後に残った僕は、扉を閉めながらベイガルドに言う。

「ベイガルドさん、あなたとはいずれまたお会いすると思います」

他にも捕らわれている人たちがいる。いつかきっと、彼らも助け出しに来る。そういう意味を込めた、いわゆる宣戦布告を僕はした。

「では、さようなら」

「待て――」

ガチャリ、と扉が閉まる。

誰もいなくなった広い部屋を見て、ベイガルドは何を思ったのだろうか。悔しがってくれたなら、僕としては心が晴れるけれど。

扉を潜った先は、グラの待つ森の中だった。

彼女と合流して再び扉を潜り、今度は屋敷の玄関に出る。出発から二時間半後、予定よりも少し早く、僕らは帰還した。

「ただいま！」

玄関には誰もいなかったので、聞こえるように大きな声で帰宅を知らせた。すると、色んな方向から走ってくる音が聞こえて、十秒足らずで屋敷にいた全員が集合した。

その中にはもちろん、リンちゃんの姿もある。

「お兄ちゃん！」

「リン」

トウヤを見つけたリンちゃんが、一目散に駆け寄って抱きつく。

トウヤも胸に飛び込んできたリンちゃんを、優しく受け止めて抱きしめた。

「お兄ちゃん……お兄ちゃん……」

「ああ、オレだよ。オレはここにいる」

リンちゃんは我慢していた涙をポロポロと流している。トウヤの目からも涙がこぼれているのが見えた。二人の様子を見ていると、こっちまで嬉しくてもらい泣きしそうになる。

「お帰りなさいませ、ウィル様」

「ただいま、ソラ」

こうして、僕らの救出劇は大成功で幕を下ろした。


それから二日後の朝。

僕は女性専用の更衣室で、ある人を待っていた。

「お待たせしました」

中からソラが顔を覗かせた。とはいえ、僕が待っていたのはソラではなく、彼女が着替えを手伝っていたもう一人だ。

そのもう一人が、更衣室から出てきて姿を見せる。

「あ、あの……どうですか？」

僕は全身を見回して大きく頷く。

「うん、良く似合ってるよ。リンちゃん」

「ありがとうございます！」

そこにいたのは、メイド服に着替えたリンちゃんだった。

トウヤの救出劇が見事に成功した夜。

僕は執務室にトウヤとリンの二人を呼び出した。そこでこれからについて聞いた。

「これから？」

トウヤが聞き返してきた。

「うん、ここに残るのも良いし、行くところがあるなら送っていく。二人の自由にして良いよ」

僕がそう言うと、二人は顔を見合わせた。

それだけで何かが伝わったのか、二人は笑って僕を見る。

「それなら決まってます！」

勢いよく言うリンに続いて、トウヤが告げる。

「ここに残るぜ。いや、オレたちをこの街の一員にしてほしい」

「お願いします」

二人は僕に頭を下げた。僕はトウヤとリンちゃんに微笑む。

「もちろん大歓迎だよ！　トウヤ、リンちゃん」

こうして二人も、僕の街で暮らすことになった。それから二人には、この街について簡単に説明した。説明が終わると、トウヤが僕にこう言った。

「何か仕事もらえねぇかな？」

「仕事？」

僕が聞き返すと、トウヤは頷く。

「おう、ただで置いてもらうのも格好つかねぇし」

リンちゃんもうんうんと首肯する。

「私も働きたいです！」

「仕事かぁ……う〜ん、じゃあトウヤには、イズチのところで働いてもらおうかな。街を守る警備部隊なんだけど」

「おぉ、いいなそれ！　オレたち鬼族は戦闘部族だからなぁ、役に立つぜ！」

トウヤはやる気満々の様子だ。

彼の強さは、実際に僕も体感したから知っている。トウヤが街を守ってくれるなら、皆も安心して生活していけると思った。

「決まりだね」

「わ、私は何をすればいいですか？」

「リンちゃんは……そうだなぁ〜」

僕は顎に手を当てて考える。すると――

「リンちゃん！　あたしたちと一緒に働こうよ！」

突然そう言い出したのは、いつの間にか執務室に入ってきていたニーナだった。

「びっくりしたなぁ、ニーナ……いつからいたの？」

「ついさっきだよ！」

僕は一応彼女の上司として注意する。

「ノックくらいしてよ。大切な話をしていたんだから」

「ちゃんとしたよ！　たぶん」

ニーナは笑って誤魔化している。やれやれと思いながら、僕は話を戻す。

「ニーナ、さっきの話ってつまり、リンちゃんもこの屋敷のメイドにするってこと？」

「うん！」

まあ、リンちゃんはまだ子供だし、トウヤと同じ警備部隊に入れるつもりはなかったけど、その発想はなかったなぁ。

僕はリンちゃんの顔を覗き込んだ。すると、彼女は力いっぱいに拳を握って――

「やります！　私とお兄ちゃんが助かったのは、ウィル様のおかげです！　だから恩返ししたいです」

「恩返しなんて、僕は別にそんなつもりじゃ……」

僕がリンちゃんの勢いにたじたじになっていると、トウヤが言う。

「良いんじゃねぇの？　リンがしたいなら、オレは構わねぇよ。つーかリンは昔から、一度決めたことは譲らねぇからなぁ～」

「断っても無駄ってこと？」

「そういうこった」

兄のトウヤが言うのだから、本当なのだろう。

僕は半ば諦めるように納得して、受け入れることにした。

「じゃあよろしく、リンちゃん。あとトウヤも」

「おう」

「はい、よろしくお願いします！」


そんなこんなで、リンちゃんはこの屋敷のメイドになった。

仕事は今日から始める。しばらくはソラがつきっきりで教えて、一通り覚えたら、彼女一人で仕事をしてもらう予定だ。

リンちゃんは素直だから、きっとすぐに覚えられるだろうね。

僕はメイド服に着替えた彼女を激励する。

「頑張ってね、リンちゃん」

「はい！　精一杯頑張ります！」

リンちゃんとソラを見送った僕は、しばらく隠れて観察することにした。

メイドの仕事はたくさんある。僕も手伝ったことがあるけど、あれを毎日続けるのは大変だ。

「朝食の準備をしましょう。リンさんは料理の経験は？」

ソラが尋ねると、リンちゃんはやや恥ずかしそうに答える。

「少しだけあります。あんまり自信はないですけど」

「慣れてしまえば自信なんて簡単につきますよ。最初は私が手伝いますから」

「頑張ります！」

リンちゃんはソラに教えてもらいながら、せっせと働いていた。

ソラも何だか楽しそうで、僕は安心して見ていられた。面倒見の良いソラに任せておけば、リンちゃんは大丈夫そうだ。

そう思った僕は、トウヤの様子を見に行くため、屋敷を出た。

向かった先はイズチたちのいる訓練場だ。そこでは毎朝早くから、警備部隊の訓練が行われている。

訓練場を覗くと、激しく木刀で打ち合うイズチとトウヤの姿が飛び込んできた。

「おらぁあっ!!」

「っと！　やるな！」

気合の入ったトウヤの木刀をイズチが受け止めたところで、僕は声をかけた。

「楽しそうだね、二人とも」

僕に気付いた二人は、戦う手を止めた。

「ウィル、どうしたんだよ？　こんな朝早くに」

「おはよう、イズチ。ちょっと様子を見に来たんだ」

僕はトウヤに目を向ける。

「すっかり馴染《なじ》んだね。トウヤ」

「おかげさんでな」

トウヤは木刀を肩に担いで、満足そうに言った。

予定通り、トウヤには警備部隊の一員として働いてもらっている。

元々馬の合っていたイズチとトウヤは、仕事の関係で一緒にいる時間が増え、今では気の合う友人になっている。

「イズチから見てトウヤはどう？　聞くまでもなさそうだけど」

一応聞いてみたけど、答えはわかりきっているな。

「だったら聞くなよな。心強いなんてレベルじゃない。敵じゃなくて良かったよ」

「ははは、イズチがそう言うなら間違いないね」

改めてその強さに感心していると、トウヤが自信を覗かせる。

「オレは鬼だからなぁ。そこらへんの奴には負けねぇよ。つーかオレからしたら、イズチとあんたのほうがよっぽど化け物だぜ」

「化け物は酷いな」

苦笑するイズチに、僕も同意する。

「そうだよ。あと、あんたじゃなくてウィルって呼んでほしいな」

「りょーかい」

僕もトウヤとは友人になりたい。イズチと一緒に、仲良しトリオなんて呼ばれたら幸せだなぁ。

そんな妄想はさておき、僕はここへただ様子を見に来たわけじゃない。

「トウヤ、今から少し話せるかな？」

「ん？　別に良いけど何だよ」

「聞きたいことがあるんだ。あの研究所について」

研究所という単語に、トウヤはピクリと反応した。

強張った表情を見ると、あまり良い気分ではないのがわかる。だが、トウヤは了承してくれた。

「いいぜ。ただ場所を変えよう」

「そうだね。屋敷の執務室で話そうか」

そこでイズチが話に入ってくる。

「俺も一緒に行って良いか？」

僕は頷いて言う。

「うん。あとユノにも声をかけよう」

そうして僕らは、研究室にいるユノを誘って、朝食作りに励むリンちゃんの姿を眺めつつ執務室に入った。

机を挟んだ二つのソファーに、僕とユノ、イズチとトウヤが向かい合って座る。

「んで、何が知りたい？」

トウヤが話を切り出した。僕は彼を真っ直ぐ見つめる。

「その前に一つ。トウヤたち以外に鬼族はいるのかな？」

「さぁな、世界中探せばいるかもしれねぇけど、オレはよく知らねぇ。少なくとも俺の仲間は殺されちまったよ」

「……イルミナ帝国に？」

「色々な奴にだ」

トウヤはあえて言わなかったけど、彼の仲間を殺したのは、きっと僕と同じ人間だったのだろう。

鬼族が人間に利用されていたことは調べたので知っている。

切なそうに言うトウヤを見て、僕は申し訳ない気持ちになった。

「そんな顔すんなよ。ほれ、早く聞きたいことを聞いてくれ」

トウヤが気を使ってくれたので、僕はそれに甘えることにする。

「……うん、わかった。あの日、トウヤのいるところにたどり着く途中で、たくさんの牢屋を見たんだよ」

「あぁ……まあオレ以外にもいたからな。捕まってる連中は」

「彼らは何か罪を犯したの？」

僕の質問にトウヤは首を横に振った。

「いいや、何もしてねぇと思うぞ？　前にベイガルドが言ってたぜ。あそこにいるのは、珍しい能力やら力を持った奴らだってよぉ。そういう奴らを世界中から見つけ出して捕まえてんだよ」

「そうか……どんな研究をしてたのかはわかるかい？」

「詳しくは知らねぇ……新しい魔物を作ったり、人と魔道具を混ぜたりって話は聞いたがな」

僕はその話に衝撃を受けた。

「人と魔道具を!?　そんなことが可能なの？」

僕はユノを見た。

「できなくはないのう……ただ、そんなことをすれば確実に死者が出るが」

「それを彼らはやっているのか……」

「胸糞《むなくそ》悪いな……」

イズチが吐き捨てるように呟いた。彼の言う通りだ。

僕は話を聞いただけで、今すぐ殴り込みに行きたくなった。

「変な気を起こすでないぞ。闇雲《やみくも》に動いても、最良の未来は手に入らん」

ユノにたしなめられて、僕は冷静になる。

「大丈夫、わかってるよ。でもいつか……何とかしたい。そのときが来たら、皆も手伝ってほしい」

「もちろんだ」

「オレもあいつらには借りがあるからな！」

「主らだけでは心配じゃからのう」

イズチ、トウヤ、ユノがそれぞれの言葉で協力を約束してくれた。

「ありがとう」

未だ展望は見えないけど、僕らは誓い合った。

†

イルミナ帝国の研究所では、ベイガルドが悔しさに爪を噛んでいた。荒れた研究室が彼の心情を映し出している。

「いずれ必ず見つけ出す……そのときには――」

ベイガルドが見つめる研究室の窓ガラスの向こうには、青い巨人が立っていた。ベイガルドはにやりと笑う。

「ちょうど良い。これの実験をさせてもらおうか」

彼の下衆《げす》な笑い声が、研究室に響く。

そう遠くない未来、彼の悪意がウィルの街を襲うだろう。

10 空飛ぶ船

イルミナ帝国での騒動に区切りがついて、トウヤとリンがこの街での暮らしに慣れた頃。

僕とユノは研究室で、二種類の世界地図を眺めて話していた。

片方は従来の世界地図、もう一方はダンジョンで手に入れた大昔の世界地図だ。

二つの地図には決定的な違いがある。それを指さしながら、僕はユノに言う。

「そろそろ行こうよ、この場所へ」

大陸に空いているはずの穴が、かつての世界地図では埋まっている。この大きな違いに意味があるのか、それともないのか。

確かめたい気持ちはずっとあった。

「ならば行く方法を考えんといかんのう。何せ海の向こう側じゃ」

ユノの扉は、目的地であるドーナツ型の大陸にはない。つまり僕らは、自力で海を越える必要がある。

海を越える方法といえば、船が候補に挙がるだろう。ただし今回は、船が使えないかもしれない。

その理由が、大陸を囲む海域にある。

ドーナツ型の大陸は、激しく荒々しい海流に囲まれているのだ。常に嵐が起こっていて、探索に出た船が一隻も帰ってこなかったという話もある。

「船は……危険すぎて使えないよね。どれだけ頑丈に造っても、流れに負けて転覆したら最後だし」

「じゃな」

「そうなると海中か、もしくは空からか……」

空を飛ぶ乗り物や、海中を航行する乗り物が、科学技術の発展した国にはあるらしい。実際どんなものなのか、見たことがないのでわからないけど。少なくともウェストニカ王国にはなかった。

軍事にも利用できる重要な技術は、ほとんどの国が外へ出さない。あるのがわかっているのに、原理や実物が広まっていないことが証拠だ。

　頭を悩ませていると、ユノが意外な事実を告げる。

「そう心配する必要はないぞ。今のワシらでも、空飛ぶ船くらい造れる」

　僕は顔を上げてユノを見た。

「そうなの？」

「うむ。何せ空を飛ぶ魔法のスペシャリストがおるからのう」

「そんな人いたか――あぁ、グラか！」

　グラの重力魔法なら、自由にものを浮かせたり運んだりできる。

　科学技術を一から勉強しなくても、魔法技術で空を飛べるかもしれない。

「ワシもどうしたものかと悩んでおったが、重力魔法を使う者がいるなら話は別じゃ。あれを応用すれば、空を飛ぶ船も造れるはずじゃよ」

「応用って簡単に言うなあ……でもユノならできるんだろうね」

　僕はユノの知識と技術に改めて感心する。

「当然じゃ！　ワシはできんことを口にしたりせんよ」

「だったら任せて良いかい？　もちろん僕も手伝うからさ」

「うむ。しばらく忙しくなるぞ」

　そう言うユノはどこか楽しそうだった。

話がまとまったあと、僕らはすぐに空飛ぶ船の建造に向けて動き始めた。

船を飛ばす魔道具の作成は、僕とユノで担当する。船そのものは、ギランを筆頭に街の皆に協力してもらうことになった。強制ではなかったのだが、頼んだら快く引き受けてくれたよ。

実際に造り始める前に、僕はギランと船の設計図を作ることにした。

「空飛ぶ船か……また難儀なもん造ろうとしてんなぁ〜。船自体は、普通の船で良いのか？」

ギランの質問に、僕は頷いて答える。

「ユノはそう言っていたよ。形とか機能は普通の船と一緒で良いって。ただ……」

「ただ？」

「できるだけ頑丈に、それでいて軽い船にしてほしいらしい」

それを聞いたギランは、腕を組んで考え込む。

「ほう……そいつはまた、えらく難しい要望だなぁ」

「僕もそう思うけど、できそうかな？」

ギランはしばらく考えていた。ユノの要望に応えるため、頭の中でシミュレートしているのだろう。そうして結論が出たようだ。

「まあ何とかなると思うぜ」

「本当かい？」

僕が聞き返すと、ギランは首肯する。

「あぁ、素材は揃ってるしな」

「なら頼むよ。僕は船のことはあまり詳しくないんだ」

「俺だって空飛ぶ船なんて造ったことねぇよ。まっ、今回は普通の船で良いってんだから大丈夫だけどな」

ギランは豪快に笑いながらそう言った。

設計図は、ほとんどギラン一人で考えてくれた。僕は彼の説明を聞きながら、気になる点を質問したり、確認したりする役目だ。

「木の船にするんだね」

「木じゃねぇと重くなっちまうからな。ただ普通の木じゃなくて、今回はレッドウッドを使う予定だ」

ギランの言うレッドウッドとは、保温作用があって、極寒の雪山でも暖かい家を造れる木材だ。ホロウの故郷では、ほとんどの家の素材がこの木だった。

「あとはこいつだ！　家造りでも活躍した――」

ギランが取り出したのは、アルムダイト。

これは、以前の探索で見つけた特殊な鉱物だ。薄く広げるほど硬度を増して、最終的にはダイヤモンドと同じ硬さになる。軽い素材を鋼鉄以上に硬くすることだって、このアルムダイトならできる。

「こいつなら、ユノの嬢ちゃんを満足させられるだろ？」

「間違いないね。さすがギランだよ」

僕が褒めると、ギランは照れくさそうに言う。

「ふっ、そういうセリフは完成してからでいいぜ」

それから、ギランは思い出したように付け加えた。

「そうだ、船の名前だがよ。もう決まったぜ！　ウィリアム号だ！」

「は、恥ずかしいからそれ以外で……」


「はっはっはっ！　何じゃ良い名ではないか？」

「ユノまでからかわないでよ……」

ところ変わってユノの研究室。

ギランとのやり取りを話すと、ユノは大笑いしながら聞いていた。

街の名前になっているだけでも恥ずかしいのに、これ以上僕の名前がついたものを増やしたくないよ。

「そう言うでない。あ奴らが主をそれほど好いているというだけ。悪気はないじゃろう」

「それはわかってるよ。皆が信頼してくれているのは伝わってるから。でも……やっぱり恥ずかしいんだよ」

僕がそんな贅沢な悩みを吐露すると、ユノは投げやりに言う。

「なら完成までに、皆が納得する名前を考えておくんじゃな」

「僕が？」

「主以外に誰がおるんじゃ？」

ユノは呆れたようにこちらを見ていた。

「ユノは一緒に考えてくれないのかい？」

「ワシはウィリアム号で良いと思っておるぞ」

「うぅ～」

どうやら味方はいないみたいだ。

こうなったら、皆が納得する名前を考えるしかないな。

「考えるのは良いが、作業の手は止めるでないぞ？　こっちも大変なんじゃからのう」

「大丈夫だよ。言われた通りにちゃんとやるから」

僕らが作っているのは、船を飛ばすための装置だ。ただの船を、空飛ぶ船に変えるための一番重要な部分。グラの重力魔法を式として組み込み、自由自在に操作できるように調整している。

装置の核となる部分は、僕にはさっぱりわからないので、ユノに任せっきりだ。

船の装置と並行して、もう一つ作っているものがある。船を守る結界だ。こっちは僕でも役に立てる。今までにいくつか結界作りを手伝ってきた経験が活きた。

「ふぅ、何だかこうしていると落ち着くね」

僕が思わず呟くと、ユノが怪訝そうな表情を浮かべる。

「何じゃ急に？　主の作業も、落ち着けるほど簡単ではないじゃろ」

「そうなんだけどさ。ほら、最近は特に色々あったでしょ？　遠出する機会も多かったし」

「まあそうじゃったな。ダンジョンの戦闘は、久しぶりに良い運動になったわい」

「僕はギリギリだったけどね……」

そのあとはトウヤの救出に向かって、あまり見たくない光景を見せられて。身体も疲れていたけど、心もかなり疲弊していたんだと思う。

だけど今は、僕が知りたいことを知りに行くための準備をしている。本当の意味でやりたいことに取り組めている。

「思い返すと、この研究室は僕にとって、自分のやりたいことができる場所だったなぁ」

「今は違うのか？」

ユノは手を休めずに尋ねてくる。僕は正直に今感じたことを話す。

「前とは少し違うと思うよ。でも、根本は変わっていない気がする。だから落ち着くのかな」

「研究室が憩《いこ》いの場とは、主は変わり者じゃのう」

「ははっ、今さらだよ」

僕らはそんな他愛ない話をしながら作業を進めていった。


それからは、途中でグラにも来てもらってシステムの調整を行いつつ、船が完成する前日には僕らの仕事は終わった。

翌日、装置を取りつけ、ひとまず船は完成だ。

「こうして見ると、圧巻の大きさだね」

「そうだろそうだろぉ〜。俺もかなりの出来栄えだと自負してるぜ！　皆の協力のおかげだがな！」

ギランが周囲を見渡した。建造に参加してくれた街の皆が、船の周りに集まっている。

屋敷と同じくらい大きな船を、たったの六日間で完成させられたのは、たくさんの手助けがあったからだ。僕は出来上がった船を見上げながらそう思った。

それにしても……

「本当に僕の名前をつけるつもりだったんだね……」

ギランは何を当然のことを、といった表情だ。船の横腹には、僕の名前を途中まで刻もうとしていた跡がある。

「あったりめぇだろ？　それとも、もっと良い名前でもあるのか？」

そう聞かれて、僕は思わずにやけてしまった。

「あるよ。とっておきの名前がね」

作業をする傍ら、僕はずっと船の名前を考えていた。

そのとき、昔読んだ童話を思い出したのだ。たくさんの戦士が大冒険するのだが、そのお話の中で戦士たちを乗せて旅をした船の名前が、この空飛ぶ船にはぴったりだと思った。

なんたって僕らは、これから冒険に出かけるんだからね。

「この船の名前はアルゴー。冒険に旅立つ船の名前だよ」

僕が提案すると、ギランはおおと声を上げた。

「アルゴーかぁ。なんかどっかの昔話で聞いたことあるな」

「その昔話からもらった名前なんだよ。ギランも知ってたんだね」

「ガキの頃にいっぺん読んだ記憶があるだけだ。確かあれ実話だったたなぁ」

それは初耳だった。

「そうなの？　それは初めて知ったなぁ。でも、だったらなおさらピッタリの名前だと思うよ」

「かもしれねぇな。俺は旦那の名前も負けちゃいねぇと思うんだが……まっ、旦那が気に入ってんならそっちにするぜ」

「うん、気に入ってるよ」

子供の頃に読んだあの冒険譚には、幼い僕も心を躍らせた。いつか王国の外へ飛び出し、色んな場所を巡ってみたいと思った。

この船こそ、僕らの夢を乗せる箱舟だ。

「話はまとまったかのう？　そろそろ試運転を始めたいんじゃが」

「そうだったね。待たせてごめん」

僕はユノのほうを振り向いて謝った。

「構わん。名は大事じゃからのう。では始めるとするか」

「うん」

僕とユノがスロープで船に乗り込む。

中の造りは、普通の船とほとんど同じだ。操舵室は船の後方、見張り台の次に高い場所にある。

操作方法は至ってシンプル。先に帆を広げて、あとは普通の船と同じように舵《かじ》を取る。上昇と下降は、舵の横にあるレバーを操作すれば可能だ。

発進に必要な準備を済ませた僕らは、それぞれの位置につく。

僕は見張り台、ユノは操舵室で舵取りだ。

「ユノ！　いつでも良いよ！」

僕は見張り台から、大きな声でユノに呼びかける。

それを聞いたユノは頷き、上昇用のレバーを豪快に引いた。

すると――

「おぉ……浮き始めたぞ！」

ギランの視線の先では、大きな船体が僅かに浮き始めた様子が映っているのだろう。

他の見物客も集まってきて、皆が見守る中、アルゴーはゆっくりと上昇していく。

「いいよ、ユノ！　ちゃんと飛んでるよ！」

「ふんっ、当然じゃろ」

ユノは自慢げにそう言った。

彼女が舵を回せば、右へ左へ船が傾き旋回する。上昇したり、下降したりのテストも無事に終えた。

念のために結界が機能するかを確認して、アルゴーは最初に停まっていた場所へ着陸する。

帆を下ろして、僕らはギランのもとへ戻った。

「ただいま」

声をかけると、ギランは放心状態だった。

「すげぇなこりゃー。実際に飛んでるとこ見せられると、度肝《どぎも》抜かれるぜ」

「うん。これでもっと高く飛んだら、きっと気持ち良いんだろうね」

「だろうなぁ～。俺もそのうち乗ってみてぇな」

夢見るように呟くギランに、僕は提案する。

「だったら一緒に行こうよ」

「は？　一緒にって、大陸探索にか？　おいおい冗談だろ？」

「冗談じゃないよ。実を言うと、ギランには最初から一緒に来てもらうつもりだったんだ」

僕と一緒に船に乗るメンバーは、大体決まっている。といっても、僕が勝手に考えているだけだけど。そのうちの一人に、ギランも入っている。

「マジか、何で俺なんだ？」

「これから行くのは未知の大陸だ。何が起こるかわからない。道中も含めて、船に何かあったときに整備とか修繕ができる人にいてほしいんだよ」

ギランは納得したように頷いた。

「なーるほど、そういうことかい。了解したぜ、旦那」

「ありがとう。ギラン一人じゃ大変だと思うから、あと三人くらいは整備できる人がほしい。人選は任せて良いかな？」

「おう、任されたぜ」

「じゃあよろしくね。あとは――」

イズチとトウヤにも声をかけないと。緊急時のことを考えて、重力魔法が使えるグラにも一緒に来てほしい。船を空けるときのために、留守居役もほしいな。警備部隊からも何人か誘ってみよう。


二時間後――

イズチたちに声をかけて、集まったのは僕らを含めて二十一人。段取りを話し合って、明日の早朝に出発する予定だ。

船の速度と目的地までの距離を考えると、到着に三日はかかる。

その間の食料などはソラたちに準備してもらった。

出発前夜、僕とユノ、イズチ、トウヤ、ギランの五人は最終確認をするため、執務室に集まっていた。

「大体の確認は以上だよ。質問とかあるかな？」

一通り確認を終え、僕が皆の顔を見回すと、ギランが口を開く。

「つーか旦那よぉ。別にメンツ決めなくても、ユノの嬢ちゃんの力を使えば良いんじゃねぇの？扉と扉を繋いじまえば、ここと行き来し放題じゃねぇか」

「残念ながらそれは無理じゃ」

ユノが首を横に振った。ユノの代わりに僕が説明する。

「僕も最初はそう思ったんだけどね。ユノの扉は、移動している状態だと上手く繋がらないみたいなんだよ」

そのあとはユノが話を引き取った。

「船が停まってしまえば良いのじゃが、移動中は座標が定まらんせいで、狙った場所に移動できん。じゃから、いちいち船を停めんといかんのじゃ」

「へぇ〜、そうだったんかぁ」

ギランは納得したようだ。僕も頷いて続ける。

「うん、だから緊急時に対応できるように、航行中の人員は必要だと思ったんだ」

「着いてからはどうするんだ？　全員で探索するのか？」

そう質問したのはイズチだ。

「探索は少人数で行きたいかな。僕とユノ、あとイズチとトウヤにも来てほしい」

「オレは良いぜ！」

僕が答えると、トウヤが威勢よく了承してくれた。イズチは頷いてから、質問してくる。

「探索の間、船はどうする？」

「警備部隊のメンバーに交代で守ってもらいたい。ギランは到着したら船に残っても良いし、一旦街に戻っても良いよ」

それ以上の質問は出なかった。

船が完成し、段取りも組んだ。明日の朝、僕らは空の旅に出る。

翌日——

清々しいほどの晴天。雲一つない青空の下、空飛ぶ船アルゴーのもとに僕らは集まっていた。

少し余分に準備した食料などの物資を積み込んで、あとは出発するだけになった。

皆が乗り込んで、最後に僕がスロープを上がる。

「ウィル様」

呼び止めたのはソラだった。振り返ると、彼女は何か言いたそうにしていた。

彼女の表情を見て、心配してくれているのだと悟る。だから僕は、精一杯の笑顔でこう言う。

「いってきます」

「いってらっしゃいませ」

ソラもまた、穏やかに笑いながらそう返した。言いたかったであろう言葉を呑み込んで、僕らを見送ってくれた。

「では行くぞ！」

ユノのかけ声を合図に、アルゴーは大地を離れていく。ゆっくりとした動きは、地上と離れるにつれて加速し、街を覆う結界を抜けた。

見下ろすと、街全体がよく見える。

甲板でその光景を眺めていた僕は、以前グラの魔法で飛んだときに見た景色を思い返す。

あのときよりもまた少し、街は広くなったようだ。

「良い街だぜ、ここはよぉ」

「トウヤ」

いつの間にか、隣にはトウヤが立っていた。彼は離れていく街を眺めながら、しんみりと言う。

「ウィルの街って言うんだよなぁ？　最初に聞いたときは笑っちまったが……ただまあ、今じゃピッタリだと思ってる」

「えっ？」

僕はトウヤを見返す。

「この街はお前そのものみてぇなもんだ。優しさとか、あったかさとか、色んなもんが全部詰まってやがる……お前と同じだ」

トウヤはもの思いにふけるようにそう言った。

その言葉に僕は感動したが——

「って、イズチの奴が言ってたぜ」

「おい！」

最後にぶっちゃけたトウヤに、いつの間にか後ろに近寄ってきたイズチがツッコミを入れた。

僕は色々驚いて、二人の顔をまじまじと見てしまう。

「はっはっは、ホントのことじゃねぇか～」

トウヤが笑いながらイズチの背中をばしばし叩く。

「そうだとしても言わないだろ、普通！」

「良いじゃねぇかよ。ウィルだって言ってもらえたほうが嬉しいだろ？」

「えっ、ま、まあ……うん。ちょっと恥ずかしいけど」

僕はさっきのセリフを思い出す。

このタイミングでイズチの顔を見てしまうと、嬉しさより恥ずかしさが勝ってしまう。

「ありがとう、イズチ」

「礼とかやめてくれ。何て返していいのかわからん。はぁ……トウヤ、お前は口が軽すぎだぞ」

「へいへい、悪かったよ」

トウヤの軽い謝罪からは、反省の気持ちが伝わってこなかった。

この瞬間、僕とイズチの中で、隠しごとはトウヤに話さないほうが良いという共通認識が生まれた。

†

ワイワイ話すウィルたちの様子を、操舵室の中から眺めている人がいた。ユノとギランだ。

「中々良いトリオじゃねぇか？」

ギランがユノに話を振った。

「そうじゃな。同じ男同士じゃからか、ウィルも楽しそうに話せておるようじゃし」

「お？　何だ嫉妬でもしてんのか？」

からかうようにギランが言うと、ユノはふいとそっぽを向いた。

「まさか。ワシは生まれてこの方、女子に生まれたことを悔やんだことはないわ」

ユノはそう言いながら、上昇のレバーをさらに引いた。

†

僕がもう一度下を見たときには、もう街の輪郭すら見えなくなっていた。僕らを乗せたアルゴーは、ついに雲と同じ高さまで上昇した。

「すげぇなぁ〜」

「生きている間に、こんな景色が見られるとは思わなかった」

感嘆するトウヤとイズチに同意する。

「僕もだよ」

そしてアルゴーは上昇を止め、雲の流れるほうへ進んでいく。


三時間後――

外の景色はあまり変わっていない。出発したところより、少し雲が増えたくらいか。

アルゴーは雲の上を進んでいるから、地表は雲にかかって見えづらくなっている。

僕は操舵室でユノと一緒にいた。

「このまま真っ直ぐ進むの？」

ユノが僕の質問に答える。

「それが最短ルートじゃからのう」

僕らは世界地図を見ながら、進路について話をしている。

空は地上と違って、目印になるものがない。頼りになるのは、太陽の位置から割り出す方角だけだ。

「できれば雲は避けたいところじゃな。積乱雲は特にじゃ」

「そうだね。前は見えないし、嵐の中を進むようなものだよ」

ユノの言う通り、濃い雲に突っ込んでいくのは危険すぎる。

「場合によっては迂回することも考えるべきじゃ。今のところ、その心配はなさそうじゃが」

「問題になりそうなのは、大陸周辺の気候だよね。海は常に大荒れだって聞くし、空がどうなってるか想像もつかないよ」

ユノは頷く。

「じゃな。ゆるりとしていられるのも今のうちだけじゃ」

僕は操舵室から皆の様子を覗く。生まれて初めての体験をしているからか、皆心なしか浮《うわ》ついているように見える。

別にそれを悪いとは思っていない。かくいう僕も、ちょっぴり楽しい。

「あっ、そうだユノ。夜は僕が操舵を代わるからね」

僕は前からそう考えていた。

「む、別に必要ないぞ。ワシがやるから主は寝ておれ」

「五日間もあるんだよ。ずっと起きてるなんて大変でしょ？　僕以外にもイズチとギランは操舵を練習してるから、交代で休もう」

ユノは不思議そうに僕を見る。

「いつの間に練習なんぞしたんじゃ？」

「出発前とか、空いてる時間にね」

トウヤもやってみたけど、残念ながら運転の才能が皆無だった。

しょぼくれているトウヤは見ていて新鮮だったな。

「せっかくの旅なんだからさ！　ユノも楽しもうよ」

「ふっ、仕方ないのう」

空の旅はまだ始まったばかりだ。

11　フォールグランド

出発から三日後の昼。

アルゴーは僕らの住む大陸を離れ、海の上を進んでいた。下を見ると雲の隙間に海が見える。

ここから先、一日もすれば目的の大陸の周辺海域に差しかかるだろう。

「だいぶ近づいてきたね」

「そうじゃのう」

操舵室で舵を取る僕と、隣で見守るユノ。船内を見渡すと、飛び立った頃の浮ついた雰囲気は薄れていた。空の旅にも慣れて落ち着いてきたようだ。

それからさらに二時間ほど進むと——

「見てよ、ユノ、あのあたり一帯に雲がかかってる」

「うむ。おそらくあそこが、例の海域上空じゃな」

僕らの進行方向には、まるで絨毯《じゅうたん》のように分厚い雲が広がっていた。

このまま直進すれば、アルゴーは雲の中を進むことになりそうだ。

「高度を上げようか？」

僕がユノに尋ねると、彼女は頷いた。

「そうしてくれ。やはり雲の中を進むのは危険じゃからのう」

「わかった。皆にも報告しておこうか」

僕は皆に各自持ち場について、緊急時に対応できるよう注意してほしいと伝えた。

そうして夕日が沈む頃に、アルゴーは雲の上に出た。

警戒しながら進んだけど、月が顔を出して満天の星々が見え出した頃には、それが杞憂《きゆう》だったとわかった。

雲の上は穏やかで、航行を妨げるような危険はなかった。

「そろそろ代わろう。主は休め」

「うん、よろしくね」

僕はユノの申し出に素直に甘えることにした。ユノも頷く。

「うむ。さて、問題は明日じゃな」

「だね。ちゃんと着陸できればいいんだけど」

「雲で覆われておったら、一度は無茶をせんといかぬからのう……まあ今のところは何とも言えん」

ユノは首を横に振ってそう言った。

「大陸の形みたいに、真ん中だけ雲がないとかだと嬉しいなぁ」

「それなら楽なんじゃがな。あの大陸は謎が多いしのう」

確かにあのドーナツ型の大陸はわからないことだらけだ。

「そうだね。あっ、そうだ。前から考えてたんだけどさ。あの大陸に名前をつけようよ」

「唐突じゃな」

「今思い出したんだよ。ほら、話の中で区別がつきにくいでしょ？」

会話の中で大陸という単語が出ると、今回の目的地なのか僕らの住むほうなのかわかりにくい場面があった。そうなるたびに、名前があったら便利なのにと思っていたのだ。

「まあ良い。して、案はあるのか？」

「う～ん……無難《ぶなん》に穴空き大陸、フォールグランドとかでいいのかなって」

僕は何気なく頭の中にあった単語を口にした。

「ならそれにしよう」

「えっ、いいの？」

僕が驚いて尋ねると、ユノは頷く。

「どうせワシらの中でしか使わん呼び名じゃろう？　わかりやすいほうが良いではないか」

「それもそうだね」

そんな感じで大陸の名前を決めたあと、僕は明日に備えて眠った。


夜が明ける。

高いところを飛ぶ船は、太陽の日差しを一番に感じられる場所だ。僕は目を覚ましてすぐにユノのいる操舵室へ向かう。

「早いな、ウィル」

「イズチ。おはよう」

途中でイズチとトウヤと出くわした。トウヤは寝足りないようだ。

「ふぁ～あ……オレはまだ眠いけどなぁ」

僕らは三人で操舵室に入る。

夜の間ずっと舵を取っていたユノは、入ってきた僕らに気付かなかった。やはり眠いのだろうか。

「ユノ、お疲れ様」

僕が声をかけると、ユノはびくっとしてこちらに顔を向けた。

「っ！　おぉ主らか……ちょうど良いタイミングじゃな」

「ん？」

「そろそろ着くんじゃよ」

「そうなの⁉」

僕はユノの言葉に驚いて聞き返した。

「うむ。地図はあるかのう？」

ユノに言われ、僕は操舵室に置いてあった世界地図を彼女に渡す。

ユノは、現在地は大体このあたりだと指さした。

「あくまでおおよそじゃがな。あと数十分もすれば、大陸上空へ入ると思うのじゃ」

「そっか、ついに……」

そう言いながら、僕は昨日ユノと話したことを思い出した。

大きな嵐が周囲を覆っているフォールグランド。

はたして、大陸の内部はどうなっているのだろうか。

雲へ潜る必要があるのか。そして、安全に着陸できる場所はあるのか。色々なことが気になったけど――

「見てみないと始まらない……か」

僕が呟くと、ユノが首肯する。

「そうじゃのう。じきにわかることじゃ」

アルゴーはさらに進んでいく。

三十分が経過した頃、僕らの目には驚くべき光景が飛び込んできた。

「こんなことってあるんだなぁ……」

「奇跡じゃねぇかよ。こんなんよぉ」

イズチとトウヤも口を揃えて歓喜している。

僕も思わず笑ってしまう。

「まさか……大陸にだけ雲がかかっていないなんてね」

まるで大陸を守るように、周囲だけを雲が覆っていた。

アルゴーから見下ろすと、真ん中に大きな穴が空いた大陸がくっきりと見える。

日差しが差し込み、森の緑が美しく広がっている。

「もっと近づいてみようよ！」

「うむ」

僕がユノの肩を叩くと、彼女はゆっくりとアルゴーの高度を下げていく。

次第に薄らとしか見えていなかった部分が、はっきりしてきた。

そこには広大な緑が続く大自然があった。森や川、岩場に草原が見える。逆に人工物は見られず、大きな街や国はないようだ。

「降りられる場所はあるかのう？」

「あそこなんてどう？　あの丘になってるところ」

僕がユノに示したのは、木々が少なく草原が広がる場所だった。

着陸を邪魔しそうなものは見えないし、動物や魔物もいなさそうだ。

「うむ、ならばそこにしよう」

そう言ってユノが船を操作する。

ついにアルゴーは、未開拓の大地に着陸した。

その後僕たちは、地面にスロープをかけ、自らの足で大地を踏みしめた。久しぶりの地面は妙に安心感がある。同時に長い空の旅が終わって、少し寂しさも感じていた。

そんな僕を見て、トウヤが意気込むように言う。

「何しんみりしてんだぁ？　こっからが冒険だろうがよぉ」

「そうだね」

僕らはこの未知の土地に、新しい発見を求めて来たのだ。しんみりしている時間ももったいない。

「皆、一緒に来てくれてありがとう！　ここからは僕、ユノ、イズチ、トウヤで探索に向かうよ」

予定通り残っている警備部隊の皆には、交代でアルゴーの護衛をしてもらう。

ギランは一旦街へ戻るらしい。

これまでは移動中だったのでユノの扉を繋げられなかったけど、着陸した今なら問題ない。

「旦那もいっぺん戻っても良いんじゃねぇか？」

僕はギランに首を振って答える。

「いや、このまま探索に行くよ。かなり広いみたいだし、夜までかかりそうなら戻るけど」

「そうかい。なら、屋敷の連中にもそう伝えておくぜ」

「うん、お願いするよ」

そうしてギランは扉を潜って街へ戻った。

探索に行かないメンバーは、アルゴーを守るための準備を始めている。

僕らも探索に出発するため装備を整える。食料、武器、防具、緊急連絡用の魔道具などの必要なものを揃えた。

確認を終えると、僕らは出発した。

アルゴーが着陸した草原の丘を下ると、そこは一面に広がる森だ。アルゴーを守る皆に見送られながら、僕らは森の中へ入っていった。生い茂る木々を見ながら、イズチがぼそっと口にする。

「この木……見たことない種類だな」

そう言われて、僕らも木々をよく見た。

確かに見たことのない種類の木だった。葉っぱの形が特徴的で、星みたいにとげとげしている。

「もしかすると、ここにしか生えていない木かもしれないね」

「新種なら大発見じゃのう」

僕とユノが興奮ぎみに言うと、トウヤが口を開く。

「そうかぁ？　木なんてどれも一緒だろ」

トウヤはあまり興味がないみたいだ。

そんな風に周りを見ながら進んでいくと、他にもたくさんの発見があった。

木だけじゃなくて、草や花も知らない種類が咲いている。この森全体が、未知のものばかりで構成されているようだった。

「そんでよぉ～、結局どこ目指してるんだっけ？」

森を進んでいると、トウヤが尋ねてきた。

出発する前にも話したのだが、忘れてしまったようだ。

「大陸の中心だよ。海水なのかな？　水が溜まっていた場所だね」

僕は今一度トウヤに説明した。

現在と過去で違うのは、大陸の中心に土地があったかどうか。かつてはあった大地が、現在は消失している。その謎を探るために、僕らは空を渡ってここまで来たのだ。

「まずは無事にたどり着かないとな。気を抜くなよ、ウィル」

「うん」

イズチに忠告され、僕は気を引きしめて進む。


着陸した場所を出発して、一時間が経過した。

これまで安全に進んで来られたけど、どうやらここまでらしい。

どこからか、うなり声が聞こえてきたのだ。

「な、何だぁ今の!?」

トウヤが驚いて声を上げた。

「トラ……かな？」

「だと思うぞ」

僕が心当たりを口にすると、イズチが同意した。

もし近くにいるなら警戒しなくてはいけない。魔物ではないけれど、トラは肉食動物。襲われる危険性がある。

「前から来るようじゃぞ」

ユノの言葉に僕らは武器に手をかけ、身構えた。

しかし、現れたトラを見た瞬間、僕は意表を突かれて叫んでしまった。

なぜなら――

「緑色!?」

姿を見せたのは三匹。大きさは普通のトラと同じくらい。ただし、毛色が森と同じ緑色をしていた。

「気持ちわりぃなこいつらぁ！」

トウヤも思わず声を上げた。

正直に言うと、僕もあまり良い見た目ではないと思ってしまった。

ただ、生き物に対してそんなことを思うなんて失礼だ……という申し訳なさは、どうやら必要なかったらしい。

「新種のトラ？　いや……この感じは魔物じゃ！」

ユノの声で、僕らは再び警戒を強めた。

トラの魔物がほえる。すると、地面からツルが伸びて、僕らへ迫ってきた。

「下がれ、ウィル！　俺たちでやる！」

「任せとけやぁ!!」

イズチが抜刀し、トウヤがほえた。

目にも留まらぬ速さで振り抜かれたイズチの刀は、迫るツルを細切れにした。僕と戦ったときより、イズチの剣術には磨きがかかっているようだ。

ツルが消えた隙をつき、トウヤがトラの一匹に接近する。

トラはトウヤに噛みつこうと牙をむいた。

「おらっ！」

トウヤはそれをジャンプしてかわし、宙で一回転して踵落《かかとお》としを繰り出した。

攻撃はトラの眉間にヒット。

それは衝撃で地面にひびが入るほど強力だったようで、トラは泡を噴いて失神する。

一匹が倒れた直後に、残った二匹がツルを再生させ、トウヤに攻撃を加えようとした。

気付いたトウヤは、力いっぱいに地面を蹴り上へ跳ぶ。

トラの視線は当然、トウヤのいる上にあがる。

「おら、さっさとやっちまえ！」

トウヤがイズチに叫んだ。

「ああ」

トウヤが作り出した隙を、刀を構えて待っていたイズチがつく。

一太刀でツルを斬り裂き、二太刀で二匹のトラの頭を斬り落とした。

「見事じゃな」

「うん、さすがだね」

ユノと僕は、イズチとトウヤの華麗な連携を感心しながら見ていた。二人が護衛をしてくれて改めて心強いと感じた。

その後もフォールグランドの中心を目指して歩を進めていたが、僕はいつの間にか日が沈みかけていることに気付く。

「もうこんな時間なのか」

「夜の探索はせんのじゃろう？」

「うん、危険だからね」

僕とユノが話していると、イズチが刀を鞘《さや》に収め、トウヤはぐっと背伸びをした。

「二人とも護衛ありがとう。お疲れ様」

「どういたしまして」

イズチは律儀に返事をするが、トウヤはやや不満そうだ。

「オレはもーちっと暴れたかったなぁ～」

今日だけで戦闘は四回もあった。

二人に任せっきりで疲れているかと思いきや、トウヤは物足りないようだった。

「また明日もあるよ。今日は戻ってゆっくり休もう」

「では行くぞ」

僕らが話している間に、ユノが適当な大きさの岩壁を見つけた。

彼女の魔法で扉を作り出し、僕らはそこへ入っていく。

繋げた先はアルゴーの船内だ。

扉を残しておけば、またここから探索を再開できる。

アルゴーに戻った僕は、ぐるりと周りを見渡した。

「船は無事みたいだね」

「みたいだな……ん？」

イズチが何かに気付いたようだ。

「イズチ、どうしたの？」

「向こう見てみろ。建物が建ってるぞ」

「えっ？」

イズチが示した方向は、スロープをかけた場所だった。

何もなかった草原に、木造建築の素敵な建物が出来上がろうとしていた。まだ建築途中らしく、近くではギランたちがせっせと働いている。

僕らは建物のほうへ足を向けた。

「ギラン」

「おぉ旦那、戻ったのか」

僕が声をかけると、ギランが振り向いた。

「うん、ついさっきね。それよりこれは？」

「んお？　あぁ、ただの小屋だよ」

「いやいや……小屋にしては立派すぎるよ。普通に住めそうだし」

僕が仕上がりつつある建物を見上げてギランに突っ込むと、彼はがははと笑った。

「まあそのつもりで造ってるからなぁ。簡易拠点ってやつだ。大陸全土を調べるには、一日二日じゃ足りねぇだろ？」

この探索が終われば、ユノの力を使ってアルゴーを街へ戻すつもりだった。

しかし、アルゴーを戻してしまうと、こちらで寝泊まりできる場所がなくなる。

何かの用事でこっちへ来る機会が今後もあるかもしれないと、ギランが気を利かせてくれたようだ。

「明日にはできると思うぜ。旦那のほうはどうだったんだ？」

ギランに聞かれ、僕は今日あったことを話す。

「新鮮な体験ばかりだったよ。肝心の中心部まではまだ到着できてないんだけどね」

「なら明日も探索を続けるってことだな。今日は街へ戻るんだろ？」

僕は頷いて答える。

「うん、皆に報告したいしね」

「おし、んじゃ今日の作業はここまでだ。お前らそろそろ切り上げんぞ！」

ギランが作業をしていたドワーフたちに言った。ドワーフたちはぞろぞろとアルゴーの中に戻っていく。

僕らも船内へ戻り、街に通じている扉を潜った。


街に戻った僕らは六日ぶりに屋敷の皆と食卓を囲んだ。

「ふぅ……やっぱりここが一番落ち着くなぁ」

僕がしみじみと呟くと、ソラがふふっと小さく笑う。

「まだ数日しか経っていませんよ？」

「数日でも十分だよ。ソラたちのほうは何もなかったかい？」

「はい。いつも通り平和でした」

「なら良かったよ」

食事をしながら、この一週間の出来事を報告し合う。

僕はフォールグランドで見た景色や不思議、空の旅の様子を語った。すると、ニーナが羨ましそうな顔で言う。

「いいなぁ～、あたしも行きたかったよぉ……ねぇホロちゃん！」

「えっ、あ、はい。私も少し興味があります」

ニーナが話しかけると、ホロウも頷いた。

「じゃあ探索が終わって、安全が確保できたら皆で行こうか」

「ホント!?　やったぁー！」

僕が提案するとニーナは嬉しそうに両手を上げた。

安全が確保できたらなんて、いつになるかわからないけどね。

空の旅くらいなら、この探索が終わったあとに連れて行ってあげられるかもしれないな。


次の日の朝――

玄関先で、僕とユノは出発の準備をしていた。イズチたちはすでにフォールグランドに移動しているらしい。

僕らも早めに追いかけなければ。

「いってらっしゃいませ」

「うん、いってきます」

ソラに見送られて扉を潜る。

扉の先ではすでにギランたちが建設作業に取りかかっていて、イズチとトウヤも準備万端の様子だった。

「お待たせ、二人とも」

「おっせぇぞ、ウィル」

真っ先に声をかけてきたトウヤに、僕は苦笑しながら言う。

「ごめんね。じゃあ行こうか」

僕らはまず昨日探索した地点まで移動した。

つくづくユノの魔法は便利だと実感する。便利さで言えば、僕の変換魔法も負けてはいないんだけどね。

そういえば、最近は謎の疲労は感じない。変換魔法を使わないようにしているからだとしたら、やっぱり身体が軽くなるあの症状は変換魔法の影響ということになる。

神代の魔法は謎が多い。いつか解明できる日が来るのだろうか。

そんなことを考えながら進んでいると、僕は少しだけ空気が冷たくなったことに気付く。

「霧？」

「そのようじゃな」

僕の呟きにユノが頷いた。

気温が下がった影響か、あたりには微かに霧がかかっていた。

「この先は視界が悪くなるやもしれんのう」

「そうだね。二人も気をつけて」

僕が注意を促すと、イズチとトウヤは揃って首を傾げた。僕らの言っている意味がわからないといった様子だ。

イズチとトウヤは顔を見合わせ、キョトンとした表情で確認し合う。

「なぁイズチ、霧なんてかかってるか？」

「いや、俺には見えないが」

二人とも霧に気付いていなかった。

「まだ薄いからね。でも気をつけたほうが良いよ」

「ほぉーん、了解」

トウヤは気の抜けた返事をした。

だけど、進めば進むほど霧は濃くなっていく。

視界が悪くなり、足元を確認しながらでないと進めないほどだ。にもかかわらず、イズチとトウヤだけは霧を意に介していない。それどころか、先ほどと同じく霧なんてかかっていないと言う始末。

違和感はさらに大きくなった。

そして、目的地である水が溜まった大陸中心部――湖に到着した瞬間、違和感は確実なものとなった。

「ユノ……これって」

「うむ、道じゃな」

湖には異常に濃く広く霧がかかっていた。その霧の奥へ続くように、一本の石でできた道が伸びていたのだ。

しかし、見えているのは僕とユノだけだった。

イズチは——

「道？　そんなものないぞ」

トウヤも——

「霧もねぇぞ？　ただのだだっぴろい水溜まりしかねぇじゃんか」

二人には見えていない。だけど、僕とユノの視界にははっきり石の道がある。

僕とユノは何度も確認した。目の前に広がる霧と、霧を突き抜けて続く道。どちらもくっきりと見えているのに、イズチとトウヤは何もないと言う。それが不気味だった。

「どういうことだ？　やっぱり俺たちには見えないぞ」

「何べん見てもただの湖だよなぁ～」

イズチとトウヤは湖のほうを眺めながら呟いていた。僕はユノに尋ねる。

「ユノはどう思う？」

「うむ……幻影の魔法なのじゃろうか。にしては魔力を一切感じないのう」

トウヤもそれには同意する。

「オレも魔力は感じねぇぞ」

「イズチも？」

僕が尋ねると、イズチも頷いた。

皆が言うなら魔法でないことは間違いないのだろう。僕は視界を覆い隠す霧を眺めながら思った。

しかし僕にはこの霧が、道が幻には感じられなかった。

「確かめなくちゃ……わからないよね」

「主がそうしたいのなら、ワシはついて行くぞ」

僕とユノが先へ進もうとすると、イズチが慌てて尋ねてくる。

「おいちょっと待ってくれ！　行くってまさか……その道とやらを進むつもりか？」

僕は頷いてそうだと返す。すると、今度はトウヤが言う。

「無茶だぜ！　オレたちには見えてねぇんだからよぉ」

「うん、だから僕とユノだけで行くよ。二人はここで待っていてほしい」

「冗談だろ？　危険すぎる」

イズチが強い力で僕の腕を掴んだ。怖い顔で僕を見ている。

僕は微笑みながら、イズチの手にそっと触れる。

「大丈夫だよ。何ていうか……危険はない気がするんだ」

「はぁ？　何を言って――」

そこでユノが割って入る。

「ワシもじゃよ。なぜだかわからんが、懐かしさすら感じておる。ワシはここを知らぬのに……よく知っているような感じじゃ」

「……」

ユノが言うと、イズチは黙り込んでしまった。複雑な表情をして、僕の顔をじっと見つめる。

「心配してくれてありがとう。だけど大丈夫！　忘れたのかい？　これでも僕は強いんだよ」

「ウィル……はぁ、わかった好きにしろ」

「うん、ごめんね」

笑っている僕を見て、イズチは呆れ顔で腕を放した。

その様子を見ていたトウヤが言う。

「おいウィル、日が落ちるまで残り三時間ってとこだよな？　それまでに戻って来い。でなきゃ、見えてなかろうがオレたちも突っ込むぞ」

「それは……」

僕が言いよどんでいると、トウヤが怖い顔で迫ってくる。

「文句あるのか？」

「……ううん、ないよ」

「よし！　決まりだな」

それは無理だと言いかけたが、トウヤの真剣な目を見てやめた。

僕らは約束を交わし、覚悟を決めた。

「では行くぞ」

僕はユノの号令で霧の奥へと足を進めた。

最初の一歩を恐る恐る踏み出して、地に足がつく感覚を確認してから、石の道へ入る。

「消え――」

二歩目を踏み出したとき、後ろから聞こえていたイズチの声が途切れた。

僕とユノはあえて振り返らず、前を見据えて進んでいく。

石の道はどこまで続いているかわからない。

あたりの霧はとても濃くて、壁があるような圧迫感すらあるけど、石の道だけははっきりと見えていた。

そして――

「ユノ！」

「何か見えてきたのう」

前方の霧が徐々に薄れていく。

角張った四角い影が見えてきて、近づくにつれ鮮明になっていく。

僕らは立ち止まった。そこで道が終わり、石でできた円盤状の地面に、同じく石でできた遺跡のような建物があった。

入り口は一つだけ。扉は開いている。

ごくりと息を呑み、僕とユノは建物の中に踏み込んだ。

中は殺風景で、数本の柱と真ん中に何かの台座らしきものがあるだけだった。

「何もない……のかな？」

僕がそう呟いた瞬間、台座から直視できないほど眩しい光が放たれる。僕らはとっさに目を塞いだ。

徐々に光が弱まっていくのを感じ、ゆっくりと瞼《まぶた》を開ける。

「――お帰りなさい」

台座の上に女性が立っており、僕らを見て微笑んでいた。

淡く光る全身は宙に浮いていて、琥珀色《こはくいろ》の髪が風もないのになびいている。とても優雅で、美しい女性だった。

「あ、あなたは一体……」

「お帰りなさいと言ったか？」

僕の言葉を遮るようにしてユノが女性に尋ねた。

突然のことで考える余裕をなくしていた僕とは違い、ユノは冷静だ。

「はい」

「おかしいのう。ワシらは初対面のはずじゃし、こんな場所をワシらは知らんぞ」

ユノの言う通りだ。

僕は目の前に現れた女性を知らないし、この場所にも初めて来た。お帰りなさいは変だ。

「そうでした……今のあなた方は、まだ私と知り合う前でしたね」

すると女性は、寂しそうな表情を浮かべながら、意味深な言葉を口にした。さらにこう続ける。

「では改めまして。私はナイアード。この世界に残った――最後の精霊です」

「せいれい？」

僕は首を傾げた。種族名だろうか、聞き慣れない言葉だった。ユノなら知っているかと思い、僕は彼女を見る。

「ユノ？」

ユノは僕が初めて見る表情をしていた。笑っているのにどこか怖くて、興奮しているようにも感じられる。

よく見ると、身体が僅かに震えている。恐怖による震え……ではなさそうだ。

「せいれい……精霊じゃと？」

「はい」

ユノの呟きに女性は頷いた。

「そうか……そうか、そうじゃった！　主らがおったではないか！　ワシら以外にも……なぜ忘れておったのじゃ！」

いつにも増して興奮ぎみのユノ。僕は何が何だかわからずに尋ねる。

「ユノ？　どういうこと？」

「主よ、ワシが以前教えた話を覚えておるか？　ワシの生まれた時代には、主のような人類種と、ワシのような神祖しかおらんかったという」

「う、うん。覚えているよ？」

「すまぬがあれは間違いじゃ。おったんじゃよ……ワシらの他にもう一つの種族が！　こ奴のような精霊種が！」

このとき僕は、閉ざされていた記憶の門が僅かに開いた音を聞いた気がした。

12 失われた記憶

精霊——意思を持った魔力の集合体を、かつて世界ではそう呼んでいた。

精霊は大自然から生まれた存在であり、生まれた場所によって姿や性質が異なる。どこにでも存在しているが、普通は見ることも触れることもできない。見えるのは、強力な魔力を持つ精霊だけだ。

記憶を取り戻したユノは、僕にそう教えてくれた。

「精霊……人間でも亜人種でもない種族が、神祖以外にもいたなんて」

僕は呆然と呟く。ユノはナイアードと名乗った精霊から視線を外さずに口を開く。

「信じられんようじゃが事実じゃ。いや、何より信じられんのは、ワシがそのことを忘れておったことじゃな」

するとナイアードが悲しげに笑う。

「仕方がないことです。それこそ……私たちがしたことの代価なのですから」

僕はユノにナイアードの言葉の意味を尋ねようとした。しかし彼女は首を横に振る。

「ワシにもわからんよ。残念ながら思い出したといっても、ごく一部の記憶だけのようじゃ。なぜ忘れておったのか、何があったのか……それはまだ思い出せん」

「そっか……」

僕とユノは顔を見合わせ、二人揃ってナイアードに向き直った。ユノがナイアードに尋ねる。

「教えてもらえぬか？　ワシが忘れておった理由を」

「もちろんです。それをあなた方に伝えるため、私はずっと待っていたのですから」

そうしてナイアードは語り始めた。

忘れ去られた記憶と、精霊たちが起こした奇跡。

そしてその報《むく》いとも呼ぶべき結末を——


今から二千年以上前、世界には三つの種族が存在していた。人類種、神祖、そして精霊種である。

三つの種族は互いに存在を意識しつつも、ほどよい距離を保ちながら繁栄していた。

自種の人数を増やし、土地を増やし、文明を進化させて……やがてたくさんの国が生まれた。この頃の世界はとても平和で、愛に満ち溢れた穏やかな時間が過ぎていた。

しかし、だからこそかもしれない。一つの問題が起こった。

精霊種と人類種が恋に落ちてしまったのだ。

恋そのものは責められることではない。問題だったのは、両者が望んだものが子供だったということだ。種族の違いから、子供をなすことはできない。

どころか普通に触れ合うことも、語り合うことも難しい。

それでも恋をしてしまった。高ぶる感情や想いは、そう簡単に止められなかった。

種族間を超えた恋は、時間を経てさらに広がっていった。

一人や二人では済まないくらい、たくさんの愛が生まれ、同時に絶望にも等しい後悔も生んだ。

あるとき、一人の精霊が思いついた。精霊と人間では子供をなせない。だったら、できるように世界を改変してしまえば良いと。


「せ、世界を改変⁉　そんなことができるんですか？」

話の途中だったけど、僕は思わず聞いてしまった。

ナイアードは頷いて答えてくれる。

「はい。一つだけ方法が存在します。神代魔法の一つにして、この世で最も罪深い魔法。世界の法則や理《ことわり》に干渉する――【概念魔法】という力が」

概念魔法――この世のあらゆる法則を組み替えることができる魔法。

例えば、雨が降るのが嫌だと考えたとしよう。概念魔法なら、雨という現象を世界からなくすことができる。もっと言えば、雨を初めからなかったことにもできる。逆に新しい概念を追加することも可能らしい。

「ユノは知ってたの？」

僕が尋ねると、ユノは頷いてナイアードに確認する。

「名前だけはのう。つまり主らは、概念魔法を発動したのじゃな」

ナイアードは首肯した。

「はい。私は……というより当時の私の種族は、どうしても子供が欲しかったのです」

概念魔法は、術式を知り順序さえ踏めば誰でも使える魔法だった。

ただし大きなリスクを孕《はら》んだ魔法でもある。そのリスクこそ、現代で精霊という種族が忘れられてしまった理由だった。

「概念魔法のリスク……それは発動者の存在が消滅してしまうことです」

「消滅!?」

ナイアードの告白に僕は驚きの声を上げた。

「はい、消滅です。姿だけでなく、存在そのものが消えてなくなってしまいます。記憶からも消えて、初めからいなかったことになってしまうんです」

「そ、そんなことって……でもどうして、精霊という種が忘れられているんですか？　今の話が本当なら、消えるのは発動者だけでは……」

「そこも順を追って説明させてください」

はやる気持ちを我慢して、僕はナイアードの説明を聞く。

概念魔法という可能性に賭けようと考えた精霊たちだったが、一部は反発した。たとえ成功したとしても、失うもののほうが大きい。

しかし結局、互いの愛の形を残したいという想いに、反対していた精霊たちは負けた。

そうして概念魔法発動に向けて動き始めたのだ。

改変する内容は、精霊と人類の間で子をなせるようにすること。一部の人間も、この試みに協力した。

そして、ついに発動の時が来た。

場所は、当時はまだ穴空きではなかったフォールグランドの中心。神殿を造り、全ての準備を整えて、世界中の精霊が一堂に会した。

精霊たちが見守る中、概念魔法が発動する。

これでようやく、念願の子を授かることができる。彼らはそう思っていた。

ただ、彼らは知らなかった。

世界はそんなに甘くないということを――

発動直後、彼らは異変に気付いた。

発動者だけではなく、精霊たち全員に影響が出ていた。次々に仲間が消えていく。騒ぎ出した頃には、もう手遅れだった。

そうして、世界から精霊という存在が消え去った。影も形も……記憶さえも。

概念魔法発動には、発動者の存在が消失するという代償がある。

しかし、その代償は改変する事柄が影響を及ぼす範囲、または質などによって大きく変化するのだ。

彼らが望んだのは人間と精霊の子供。要するに、本来は存在しない新たな種を誕生させることだった。

世界に新たな種族を誕生させる……それが及ぼす影響は計り知れない。故に、発動後の代価も大きくなる。

精霊の一人や二人では足りなかった。

代価として支払われたのは、精霊という存在全てと、発動の起点となった土地だった。

結果、精霊たちの存在は忘れ去られ、大陸に大穴が空くことになった。


「ま、待ってください！　だったらあなたは？」

僕は今の話を聞いて、真っ先に浮かんだ疑問をぶつけた。

「はい、本来なら私も存在できないはずでした。ですが、いくつもの奇跡が重なったのです」

「奇跡？」

僕が聞き返すと、ナイアードはその理由を明かす。

「私は概念魔法が発動されたあとに精霊となりました。詳しいことは話せませんが、精霊として誕生する前にとある方々に保護していただいたのです」

概念魔法の影響を受けるのは、発動時点で世界に存在するものや現象だけ。

ナイアードは精霊になる前に、概念魔法の影響を受けない場所で守られていたそうだ。

しかし影響が全くなかったわけではなく、精霊として誕生した彼女は、このフォールグランドの外に出られなくなった。だからナイアードは二千年もの間、一人で待ち続けていた。

そのことを考えると、僕は酷く切ない気分になる。

「悲しい……話ですね」

望んだものは手に入らず、愛し合ったことすら忘れ去られ、影も形も消えてなくなった。

こんなにも悲しい話があっていいのだろうか。

何かを残したかっただけなのに、何も残せなかったどころか、残そうとあがいた事実すらなかったことになるなんて――

だが、なぜかナイアードは優しく微笑んだ。

「いいえ、何も残せなかったわけではありません」

「えっ、でも概念魔法は失敗したんじゃ……」

「発動しなかったわけではありません。私たちの存在が失われたことで、新たな命も誕生しているのです」

「新たな命……まさか――」

「はい。あなた方が亜人種と呼んでいる存在こそ、我々精霊と人間が混ざり合った種族なのです」

概念魔法は発動していた。ただし、精霊たちが望んだ形とは異なっていた。理由は精霊の存在が消失してしまったことにある。

彼らが望んだのは、精霊と人間の子だ。つがいとなるはずだった精霊が消えたことで、改変に空白が生じたのだ。

その空白を埋めるため、発動時、自動的に修正がなされた。

そうして誕生したのが、精霊と人間、両者の性質を兼ね備えた種族だった。

亜人種が多くの種族に分かれているのも、精霊のように生まれた場所によって姿や性質が異なるかららしい。

「そう……だったのか。だから亜人種は突然誕生して、ユノにもその理由がわからなかった」

僕が呆然としながら呟くと、ユノも放心ぎみに同意する。

「うむ、そういうことじゃな」

ナイアードの話を聞いている間、僕は無意識に肩に力が入っていた。その力が今、抜けたことがわかった。

僕とユノがずっと追い求めていた謎が、この瞬間一気に解き明かされていった。

ただ今は、素直に喜べない自分がいる。

「亜人種は……精霊たちの想いによって生まれた種族なんですね」

僕は確認するように、ナイアードに尋ねた。

「はい。望んだ形とは違っていますが、私たちの想いが込もっているのは確かです」

「でも、それなのに……」

亜人種が現在の世界でどんな扱いを受けているのか。僕はそれを思い出して、精霊たちに申し訳ない気持ちになった。

精霊たちの想いを、僕ら人間が踏みにじっているようじゃないか。

かつてともに愛を育んだ片方の種族が、そんなことをして良いはずがないのだ。

俯いて何も言わない僕を見て、ナイアードは口を開く。

「そんな顔をしないでください」

「でも……」

「あなた方のせいではありません。むしろ私は、あなた方に感謝しなくてはいけません」

突然の言葉に、僕は困惑する。

「えっ？」

「あなた方のおかげで、また精霊が世界に誕生できるようになりましたから」

ナイアードは優しい笑顔でそう言った。僕は驚いて聞き返す。

「なっ、えぇ？　どういうことですか？」

「あなた方が私を見つけてくださったおかげで、私という存在が認知されました。同時に世界にも、精霊という存在が認知されたことになります」

「つ、つまりどういう……」

理解が追いつかない僕に、ユノが説明してくれる。

「要するにじゃ。存在を消されておった影響で、精霊の誕生に蓋がされておったのが、ワシらがこ奴を見つけたことでその蓋が外れたということじゃ」

「う～ん難しいなぁ。で、でも精霊が生まれるってことは、消えてしまった精霊たちも戻ってくるの？」

僕は期待しかけたが、ユノはその可能性を否定した。

「それは無理じゃろ。あくまで誕生できるようになっただけ……消えてしまった者たちは変わらん。もしかすると、誕生する精霊も以前とは異なるかもしれんしのう」

「そう……なんだ」

二度と元通りにはならない。消えてしまった者は、帰ってこない。

「それでも、私たちがいたという記憶が、少しでも残ってくれるなら……報われると思います」

そう言って笑うナイアードは、何を思っているのだろうか。

僕にはわからないけど、彼女の笑顔が満たされたもののようで、ほっとした。

ナイアードの話を聞いて、いくつもの謎が解けた。

しかし、知りたかったことを知って満足……とは中々いかないものだ。

亜人種が生まれた理由を知ったからこそ、彼らが蔑《さげす》まれている現状をどうにかしたいという気持ちが強くなった。

そして僕は、一つの可能性を思いつく。

奇《く》しくもその可能性は、かつて失敗に終わった試みだった。

「ナイアードさん、概念魔法の代償をどうにかする方法ってないんでしょうか？」

僕がそう尋ねると、ナイアードだけでなくユノまで驚いている。

だけど二人の反応は、少しずつ違っていて、ユノの場合は戸惑いもあったようだ。ユノは僕の発言から、僕が何を考えているのかわかったらしい。

「主よ、気持ちはわかるがやめておくのじゃ」

ユノは制止するが、僕は静かに首を横に振った。

「ユノ……だけど僕は、変えられるのなら変えたいんだ」

「それで主がいなくなっても良いのか？　そんなことをワシが、皆が許すと思うのか！」

ユノは怒るように言った。珍しく彼女が本気だとわかるほどの剣幕だ。

「概念魔法の代償を回避する方法はあります」

そんな僕らの間に割って入るように、ナイアードが答えた。

「何じゃと？」

「あるんですか⁉」

「はい、方法ならあります。ただし確実とは言えませんし、条件もあります。ですので、先にどんな改変をするおつもりなのか教えていただけないでしょうか？」

僕は答える前に、ユノの顔をチラッと見た。

やっぱり怒っているな。心配してくれているのがわかるよ。だけど僕は、それをわかった上で口を開く。

「僕は、亜人種への偏見をなくしたいんです」

人間が亜人種に抱いている負の感情は、彼らに対する偏見から生まれている。

長い歴史の中で培《つちか》われたものは、そう簡単には消えない。だけどもし、偏見そのものをゼロにできたなら、彼らに対する扱いは変わるはずなんだ。

「なるほど、そういう内容なら可能でしょう」

ナイアードはそう言ったあと、口の中で何やら呟いて微笑んだ。僕らにはよく聞こえなかった。

彼女は続ける。

「よく聞いてください。先ほども申し上げたように、概念魔法の代償をなくす方法はあります。ですが、改変する内容によっては不可能です。というのも、改変の影響が個人の領域を超える場合は、どうあがいても免れません」

「つまり、改変の度合いが大きすぎると発動者以外も消えるってことですよね？」

「はい。新たな生命を生み出すような、強い改変は影響を防ぎようがないのです。あなたが望んでいる内容なら、考え方を変えるだけですので、世界への影響は少ない。代償を負うのは発動者に限定されるでしょう」

ナイアードは断定的な言い方をした。まるで、すでに知っているかのような口調に若干の違和感がある。

ただ、嘘を言っているようには見えなかったので、僕はひとまず信じることにして尋ねる。

「それで、それを回避する方法というのは？」

ナイアードはその方法を語る。

「生きた証《あかし》を残すのです。自分がこの世界にいたという、確固たる証拠を残すことが、概念魔法の代償から逃れる唯一の方法です」

「証拠を残す……？　いや、それは無理なんじゃゃ……だって、存在が消えちゃうんですよね？　身体だけじゃなくて、生きていたって記憶も」

僕に続いて、ユノが付け加える。

「記録も残らんのじゃろう？　精霊の痕跡が残っておらんかったようにのう」

そう、全てが消えてしまうのだ。なのにどうやって、自分が生きた証拠なんて残せばいいのだろう。

その疑問に、ナイアードはいとも簡単に答える。

「子供をつくってください」

「……え、こ、子供⁉」

僕が驚いて聞き返すと、ナイアードはこともなげに頷く。

「はい、子供です」

「な、何で子供なんですか？」

「子供は、あなたとあなたの愛する者によって生まれた存在です。子供の中にはあなたの存在が入っている。そして、あなただけではなく、愛する者と子供本人の存在も含まれています」

基本的に概念魔法によって消失するのは、発動者の存在だけだ。記憶でも記録でも、発動者が残したものは全て消える。

ただし、一つだけ例外がある。それが子供だ。

子供は発動者が残した存在だから、本来ならば消失の対象になるはずだ。だが、子供には発動者以外に別の存在が混ざっている。

子供本人と、発動者のつがい……この二つの存在が、発動者の存在を補填してくれる。

「つまり子供こそ、あなたの存在を世界に繋ぎ止める鍵なのです。かつての私たちにはできなかった方法ですが、あなたならできます」

ナイアードの話を聞きながら、僕はその単語を繰り返す。

「子供……子供か」

「あらかじめ言っておきますが、一人や二人では足りません」

ナイアードが口にした補足情報に、僕は再び驚かされる。

「えっ……」

「そこが確実とは言えないという理由なのです。具体的に何人必要かはわかりませんが……できるだけたくさんというのが私の見解です」

「た、たくさんですか……」

子供をつくることが、存在を保つ唯一の方法。

できるだけたくさんなんて、僕には荷が重い気が――

「心配いらんじゃろ？　主ならのう」

「ユノ？」

さっきまで怒っていたのに、いつの間にかユノの機嫌が戻っていた。それどころか、ニヤニヤして悪いことを考えているように見える。

「あの、どういう意味かな？」

僕が尋ねると、ユノは表情を変えずに答える。

「主は日頃からたくさんの女子を誑《たぶら》かしておるじゃろ？　じゃから子供の十人くらいなら余裕じゃろうと」

「た、誑かしてないから！　人聞きの悪いこと言わないでよ！」

僕は慌てて突っ込みを入れた。

「ふふっ」

それを見たナイアードが、初めて楽しそうな笑顔になった。

それをきっかけに場が和やかになり、僕らはたくさん話をした。

ユノはまだ忘れていることが多く、記憶を補填するために休む間もなくナイアードに質問していた。ナイアードはユノの質問に丁寧に答えていた。

ふと、時間が気になった僕は時計に目を向ける。時計の針は午後五時を回ったところだった。

「ユノ、そろそろ……」

「むっ、もうそんな時間か」

ユノも時計を確認している。

話に夢中になっていて、時間が経つのを忘れていた。

トウヤとの約束で、日が沈む前に帰らなくちゃならない。日の入りの時間を考えると、約束の時間まであと少しだ。

「まだ聞きたいことが山ほどあるんじゃがのう……」

「あんなに質問してたのに？」

僕は呆れてユノを見た。

「当たり前じゃろ。ワシが何年生きてると思っとるのじゃ」

「そうだったね。まあでも、一旦戻ろうよ。聞きたいことは、また来たときに聞けばいいでしょ？」

「確かに急ぐ必要はないか。ならば次の機会にするとしよう」

ユノも納得したようなので、僕は改めてナイアードにお礼を言う。

「というわけでナイアードさん、僕らは一度戻ります。たくさん教えてくれて、ありがとうございました」

僕は深々と頭を下げた。

ナイアードはニッコリと微笑んで首を横に振る。

「いえいえ、こちらこそ感謝を。久しぶりに、楽しい時間を過ごせました」

「なら良かったです。じゃあ、また近いうちに来ますね」

「はい、お待ちしております。それと、これから生まれてくる私の仲間たちも、どうかよろしくお願いしますね」

背を向けて帰ろうとした僕は、ナイアードの言葉に反応して立ち止まった。

そうか、彼女は今後もこの場所から出られないのか。

精霊が誕生できるようになっても、消えてしまったものは戻らない。

今は湖になっているこの土地だって、本当ならちゃんと大地があったはずなのだ。

そこで僕はふと思いつく。

「そうだ！　土地だけなら僕の魔法で戻せるかも！」

僕のアイデアに、またもやユノの顔が曇る。

「主よ、それは……」

「あっ、違うよ。あくまで可能性の話だから」

「どうじゃろうな」

僕らが話していると、ナイアードが恐る恐る聞いてきた。

「あの、どういう意味でしょうか？」

「実は僕、変換魔法が使えるんです。精霊たちは戻せないけど、消えた土地だけなら周囲に似せたり、ナイアードさんの記憶をもとに元通りにできないかなーって」

ナイアードは僕の発言に心底驚いたようだ。

「変換魔法？　神代の魔法をあなたが？」

「はい。さすがに一瞬では無理ですけど、ちまちまなら戻していけるかなぁなんて思ったんですが……」

ユノが呆れてため息を吐いた。

「何年かけるつもりじゃ？」

「だよねぇ……」

思いついた直後に、これは無理だと悟ったよ。変な期待を持たせたなら、ナイアードには申し訳ないことをしたな。

そう思い彼女を見ると、なぜか深刻そうな表情を浮かべていた。

「ウィルさん、今の発言は冗談でしょうか？」

「えっ、いや……半分は本気でしたけど」

「半分……」

ナイアードが小さく呟いた。僕は慌てて訂正する。

「ご、ごめんなさい。テキトーなことを言いました」

「違います。そこではありません」

ん？　どうにも会話が噛み合っていない。

ナイアードの表情はさらに険しくなった。

「まさかと思いますが、あなたは変換魔法の代償をご存知ないのですか？」

「――！」

「その反応……どうやら間違いなさそうですね。でなければ、冗談半分でもあんな発言はしませんから」

ナイアードの口調から、ことの深刻さが伝わってくる。

今日まで何度か僕が覚えた違和感。その正体を彼女は知っているのだろう。

「お、教えてもらえませんか？」

僕はごくりと息を呑み、ナイアードに問いかけた。

「わかりました。よく聞いてください」

「……はい」

「変換魔法のリスク、それは――」

そうして告げられた衝撃の真実。

聞いてしまった僕は、これまでの軽率な行動を嘆くしかなかった。

どうしてもっと早くに気付けなかったのか。重く冷たい後悔の波が押し寄せる。

ショックを受けているのは僕だけじゃない。

一緒に聞いていたユノも、青ざめ、冷や汗をかくほど動揺していた。

「嘘じゃろ……そんなこと……」

しかし、ナイアードは首を横に振る。

「残念ながら事実です。変換魔法は神代魔法の中でも強力なもの。必要となる代価も大きく重い」

「なぜじゃ……なぜそんな大事なことをワシは知らんのじゃ！」

ユノは痛切に叫んだ。彼女を慰めるようにナイアードが言う。

「自分を責めないでください。変換魔法の使い手は神代でも稀です。私も、私を救ってくださった方々から聞いただけですので」

「……その人も、変換魔法を使えたんですか？」

僕がナイアードに聞くと、彼女は頷いた。

「そう……ですか。だったら間違いじゃないんですね」

もしかすると今までで一番のショックかもしれない。焦りや不安を通り越して、どうしようもないとすら思える。

　これをどう皆に伝えればいいんだ？

　黙っていても、いずれはバレてしまう。

「概念魔法みたいに、回避する方法はないんですか？」

　僕は縋《すが》るように尋ねた。

「残念ながら……もう手遅れです」

　僕はやっぱりなと思った。そんなに都合よくいくはずがない。

「ですが、神祖であるユノさんなら方法をお持ちでは？」

「ユノが？　そうなの？」

　僕は意外に思ってユノのほうを見た。

「……ある、確かにある。じゃがこの方法は主が――」

　そのときユノの話を遮るように、ポケットに入っていた連絡用の魔道具が鳴った。非常用に用意していたものだ。

　僕は慌てて取り出し、起動させる。

「ウィル様ですか⁉」

「ソラ？　どうしたの？」

　連絡してきたのはソラだった。息を切らし、焦っているのがわかる。

「急いで戻ってきてください！　街が……街が巨人に襲われています！」

「なっ、巨人⁉」

「どういうことじゃ！」

僕とユノが聞き返すと、ソラは早口で言う。

「説明する暇はありません！　早く、でないと街が――」

「わかった、すぐ行くよ！　ソラは皆を避難させて！」

「は、はい！」

僕は通信を切断した。

「すみません、ナイアードさん」

僕はナイアードに説明しようとするが、彼女は手でそれを遮った。

「わかっています。すぐにお戻りください」

「はい！　ユノ」

「うむ！　先にイズチ、トウヤと合流じゃ」

そうして僕らは急いで神殿を出た。色々なことがありすぎて、僕の頭の中はごちゃごちゃだ。

13　たとえ人でなくとも

ソラからの連絡を受けた僕らは来た道を戻り、イズチとトウヤのいるところに向かう。霧を抜けると、僕らを待っている二人がいた。

「ウィル！」

「やっと戻りやがったなぁ」

イズチとトウヤは僕らの帰還に安心したと同時に、緊迫した表情を見て何かを察したようだ。イズチが僕に尋ねる。

「何かあったのか？」

「さっきソラから連絡が入ったんだ。街が巨人に襲われてるらしい」

「何だそりゃ!?　どーいうことだよ！」

トウヤが大声で聞き返すが――

「僕にもわからないよ！　とにかく戻らなきゃ！」

「繋いだぞ！　急ぐのじゃ！」

僕が二人と話している間に、ユノが街へ通じる扉を用意してくれていた。詳しい説明もできないまま、四人で街に戻る。

扉が繋がった先は屋敷の玄関だった。

そこから外へ出ると、すぐ目に入ってきた。

結界を越え、街の建物を踏みつける青い巨人の姿が――

「な、何だよあれ……」

僕は呆然と呟いた。

身体を反らさないと、頭部まで見えないほど大きな巨人。並ぶとユダの大樹が、普通の大きさに見える。

圧倒的な迫力で、無慈悲に足を上げ、街を蹂躙《じゅうりん》している。

たった一歩の衝撃で、ガラスが割れるほどの突風が吹き荒れる。

「くっ……ソラたちは⁉」

「ウィル様！」

巨人が暴れている方角から、住民たちを連れたソラが駆け寄ってきた。

「よかった、無事だったんだね、ソラ」

「私は屋敷にいたので平気でした。他の皆も無事です。今は手分けして、住民の方々の避難に当たっています」

「そっか……」

僕は安堵した。と同時に、ソラが連れていた住民が怪我をしていることに気付き、顔が強張る。

僕の表情を見たソラが、安心させるように言う。

「軽傷者はいますが、死者は今のところ出ていません。早く気付けたことが幸いしました。ですが街は……」

「建物はまた造ればいい。命が失われなかったのなら十分だよ」

迅速に行動してくれたソラたちのおかげだ。

申し訳なさそうにしているけど、責められることなんて一切ない。

「とはいえ、あの巨人をどうにかしなければ収まらんじゃろ！」

ユノが焦ったように叫ぶ。

「うん……でもどうやって結界を抜けたんだ？」

僕の疑問に、ユノは首を横に振って答える。

「わからぬ。そもそもあんな巨人をワシは見たことがない」

「巨人……」

巨人という言葉から、僕はある出来事を思い出していた。

ちょうどそのタイミングで、サトラが仲間のセイレーンを連れて避難してくる。サトラの後ろを駆けていた一人が僕に気付いた途端、彼女を追い越して駆け寄ってくる。

「ウィル様あれです！」

「サジンさん？」

サトラの父サジンは僕の袖を目一杯に引っ張り、泣き出しそうな表情で言う。

「巨人、あの巨人に私たちの国は滅ぼされたんです！」

このとき、記憶の一部が繋がった気がした。

セイレーンの故郷は謎の巨人によって滅ぼされた。街に現れたのは、同じ巨人だと彼は言った。

そしてつい最近、セイレーンの故郷があり、数々の軍事実験を行っている国――イルミナ帝国に潜入した……これは偶然と言っていいのだろうか？

「考えてても仕方ねぇだろ！　オレがぶっ飛ばしてくらぁ！」

「トウヤ？　待っ――」

僕が止めるより早く、トウヤが巨人に向かって突っ込んでいった。

それに続くようにイズチも刀を抜いて走っていく。

僕とユノは慌ててあとを追った。

「オラァ!!」

トウヤが拳を振り上げて、巨人の脚を殴りつけた。鬼族である彼の拳は重く、本気を出せば地面に亀裂《きれつ》が入る。

そんなトウヤの拳を受けて、巨人の脚の一部は弾け飛んだ。

「おっしゃ――あぁ!?」

トウヤはすぐ異変に気付いた。

殴った場所が、一瞬で再生していたのだ。巨人は何事もなかったように脚を上げ、膝蹴りでトウヤを攻撃しようとする。

トウヤは間一髪かわし、イズチは攻撃を躊躇《ためら》い距離を取った。

その様子を見ていた僕は、巨人の性質に気付く。

「あの巨人、もしかして半液体状なの？」

「そのようじゃな。弾けたときの感じからして、スライムに似ておる」

ユノの分析に、僕は驚いた。

「巨大な……人型スライム？　そんなのがいるの？」

「ワシは知らん！　じゃが、人為的に造られたのなら別じゃがな」

「ユノそれって――」

「主も薄々気付いておるじゃろ」

どうやら、僕とユノの考えは同じらしい。そして、答え合わせの時間はすぐにやって来た。

突如、巨人が動きをピタリと止め、ジリジリと機械的な音が街に響く。

「あー諸君、ご機嫌いかがかな？」

巨人から声が聞こえてきた。知っている声だ。できればもう二度と聞きたくなかった声でもある。

「久しぶりだね、ウィリアム」

「ベイガルド……！」

声の正体は、イルミナ帝国で軍事研究を統括していた研究者ベイガルドだ。トウヤとリンちゃんに酷い仕打ちをした張本人。相変わらず姿は見えないが。

「鬼の兄妹の件では世話になった。二人は元気でやっているかな？」

妙に丁寧な言葉に僕は怒りを覚え、叫び返す。

「その質問に答える義理はないな！　それよりどういうつもりだ！」

「つれないことを言う……しかし、どういうつもりだと？　見てわからないのかな？」

ベイガルドは嫌みったらしい口調で話す。僕は感情を抑えることができない。

「良い表情だ」

ベイガルドが不気味に笑った。

僕は巨人を睨みつける。

しばらく睨み合いが続き、痺《しび》れを切らしたようにベイガルドが口を開く。

「私は長話は嫌いだ。よって、単刀直入に要求だけ提示させてもらおう」

「要求？」

「簡単なことだ。武器を捨て降伏せよ。大人しく私に従うのであれば、この場で命までは奪わないと約束しよう」

こいつは何を言っているのだ？

「そんなこと――」

「あぁもちろん、君たちには実験のサンプルになってもらうがな。どうだ？　悪くない提案だろう？」

そう言ったベイガルドは、顔を直接見なくても下衆な笑みを浮かべているのがわかった。

僕の中で込み上げる怒りが、徐々に限界へ向かっていく。

「本当に大変だったのだよ。君たちに研究所を荒らされてから、君たちを見つけるために走り回ったのだ」

ベイガルドは聞いてもいないことを、自慢げに話し続ける。

「貴重な実験サンプルを失い、国から責任を問われたときは怒りで我を忘れかけた。だが、この街の存在を知り、怒りは消えていったよ。私はなんて幸運だったのだとね」

「幸運？」

僕は静かな声で聞き返した。

「この街は素晴らしい！　これほど貴重な実験サンプルが揃っている場所は他にない！」

「サンプル？　街の皆はサンプルなんかじゃない！」

僕の叫びも虚しく、ベイガルドは冷酷な声音で告げる。

「いいや、サンプルだ。巨大な実験場だと言っても過言ではない。研究所のサンプルが目減りしたところで、ここを占拠できればおつりが来るほどだ。そうでなければ、ブルートを連れて来たりしない」

ブルートという聞き慣れない名前の意味を、ベイガルドが自ら説明する。

「この青い巨人だよ。素晴らしい力だろう？　私の研究成果の一つだ。まあ生み出すために、大量のサンプルを消費するがね」

人工生命体ブルート。ベイガルドが生み出した生物兵器。

一体製造するのに、数百を超える命を媒介にしなければならないと奴は言った。

ブルートが結界をすり抜けて街の中に侵入できた理由は、あれが魔物ではなく人の命でできているから。そして、悪意を持たず、感情のない破壊マシーンであるためだ。

街に施されている結界は、魔物か悪意を持った者しか阻めない。

「誕生後一日で消滅してしまうが、それでも十分な戦力だ。さて、そろそろ回答を聞かせてもらえないかな？　外で待機させている兵士が待ちくたびれてしまうからね」

「外じゃと？」

外へ目を向けるユノ。だけどここからでは直接確かめることはできない。ソラがユノに伝える。

「事実です。数名の方々が、街の東側に人影が集まっているところを見ています」

「さぁ降伏したまえ。抵抗すればどうなるか、聡明な君たちなら理解できるだろう」

ベイガルドの声が響く。巨人が拳を振り上げ、いつでも殺せるぞと言わんばかりにアピールしてくる。

住民たちは巨人を見上げて恐怖し、子供は泣き出してしまう。

僕は怒りで身体が震えていた。

「ふざけるな……皆がお前のオモチャになるのを僕が許すわけないだろう！　それに巨人を破壊してしまえば、お前の要求に応える必要もないんだ！」

「ほぅ……本気で言っているのかな？　さっき試したはずだ。このブルートはどんな攻撃を受けても再生する。破壊など不可能だ」

「それはどうかな？」

物理攻撃が効かないのはトウヤの一撃でわかっていた。ベイガルドの口ぶりからして、他の攻撃も無効化されるのだろう。

だけど僕には一つだけ、ブルートを消滅させる手がある。

その方法には大きく重い代償があるが――

「トウヤ！　僕を投げ飛ばして！」

「は？　投げ飛ばすってまさか、あの巨人に向かってか!?」

僕は頷いた。僕らの会話を聞いたらしいベイガルドは嘲笑する。

「あくまで抵抗するか……ならば、破壊せよ――ブルート」

巨人が振り上げた拳を下ろそうとしている。僕はトウヤを急かす。

「早く！」

「わ、わかった！」

「待つのじゃ！」

ユノが引き止めようと手を伸ばした。彼女は気付いていたのだ。僕が何をしようとしているのか。

だけど、そのときにはもう、僕の身体は宙を舞っていた。

「これ以上、街は破壊させない！」

僕は右手を巨人に向けてかざす。

「変換魔法――」

「やめるんじゃウィル！　これ以上、命を削るでない！」

僕の右手と巨人の拳がぶつかり合う。直後、巨人の身体は跡形もなく消滅した。

僕は一瞬で巨人を魔力へ変換したのだ。巨人が消え、宙を舞う僕だけが残された。

そのあとのことは覚えていない。変換魔法を使った僕は、そのまま意識を失ってしまった。

数時間前、フォールグランドでナイアードが告げた変換魔法の真実はこうだ。

「変換魔法は発動時に魔力だけでなく、自らの命を消費しているのです」

それを聞いた僕は、言葉を失ってしまった。

「命じゃと？　どういうことじゃ！」

代わりにユノがナイアードに尋ねた。彼女も酷く動揺している。

「おそらくあなた方は、変換魔法について誤解しています。まずその認識から正していきましょう」

ナイアードは変換魔法について説明してくれた。

変換魔法とは、そもそも魔力を別のものに変える力ではない。

魔力や命、肉体などにはもととなる物質――【マナ】というエネルギーがあり、変換魔法とはそのマナを自在に操る魔法だった。

「変換魔法の使用者は、発動時にマナを消費しています。ウィルさんも、これまで妙に身体が軽くなったりしませんでしたか？」

僕は変換魔法を使用したあとに、何度か寝たきりになったことを思い出した。

それを伝えると、ナイアードは頷いて続ける。

「肉体を構成するマナを消費しているからです。あなたの肉体は、徐々に消滅へ近づいています」

「しょ、消滅？」

「はい。マナは肉体のもとであり、生命の源です。変換魔法を使うほど、あなたは命と肉体を削ることになります」

「そ、そんな……」

僕はこれまで何度も変換魔法を使ってきた。数えきれないほど頼ってきた力だ。変換魔法が命を削っていたのなら、僕の寿命は残りどのくらいなのだろう。

「ウィルさん、これはお伝えするべきか迷っていたのですが、私は生命を司《つかさど》る精霊です。私にはあなたの寿命を確認する力があります」

「寿命……」

僕がその言葉を繰り返すと、ナイアードが尋ねてくる。

「知る勇気はありますか？」

「……お願いします」

それから三秒ほど、ナイアードは僕をじっと見つめた。

「よく聞いてください。あなたの寿命は——残り五年です」

夢にも思わなかった。まさか、こんな形で自分の死期を知るなんて。もっと先の話だと思っていたのに。

沈んでいた意識が戻っていく。ゆっくりと瞼を開けると、見慣れた天井がそこにあった。

どうやら僕は自分の部屋のベッドにいるらしい。

すぐ横を見ると、心配そうに僕を見つめるソラがいた。

「ウィル様」

「ソラ……」

彼女だけじゃない。他のメイドたちはもちろん、ユノとヒナタも一緒にいた。全員が同じような表情をしている。

「あのあとはどうなったの？」

「ウィル様が巨人を倒してくださったおかげで、囲んでいた軍隊は帰っていきました」

僕はそれを聞いてひとまず安心した。

「そっか……怪我をした人たちは？」

「治療中です。動ける者で街の修繕を始めています」

イズチとトウヤも街の修繕に回っているらしい。

怪我人だけで済んだのは幸運だった。

そこで僕は、ソラが何かを言いたそうにしていることに気付く。内容はおおよそ見当がついている。

聞きづらそうにしているソラに、あえて僕から言う。

「聞きたいことがあれば答えるよ、ソラ」

「……はい。先ほど、トウヤ様がおっしゃっておりました」

――あいつを投げ飛ばしたときさ……異様に軽かったんだよ。たぶんリンより軽かったと思うぜ。

「それと、ウィル様が巨人に向かっていかれる直前、ユノ様が、これ以上命を削るなと叫んでおられましたよね」

ソラは確認するようにユノを見る。

ユノは否定せず、ただ目を瞑った。

「教えてください、ウィル様。あなたのお身体に何が起きているのですか？」

ソラは真剣な眼差しを向けてくる。他の皆も僕の答えを待っているようだ。

「ワシから話そうか？」

「ううん、僕から話すよ。僕が言うべきことだから」

「……そうじゃな」

ユノの提案を断り、僕は自分の口から伝える覚悟を決めた。

長く息を吸って、心を落ち着かせる。

「驚かないで聞いてほしい。僕はもう、あまり長く生きられないみたいなんだ」

時折感じていた違和感。ナイアードから教えてもらった変換魔法の秘密。残りの寿命が五年で、さっきも変換魔法を使ったから、おそらくさらに減っていること。

僕は皆に伝えた。

半数は泣き出し、もう半数は僕の話を信じられないといった様子だ。反応は様々だけど、皆悲しんでいるのがわかる。

「いや……嫌だよ、ウィル！」

「ヒナタ……」

彼女は泣きながら、僕の胸に飛び込んできた。

「せっかくまた会えたのに……お別れなんてしたくないよ」

「……僕だって同じだよ。死にたくなんてない。皆と一緒にいたい」

堪えていた涙があふれる。

心配させまいと我慢してきたけど、彼女たちの悲しそうな顔を見たら流れる涙を止められなかった。そんな中、涙を拭いながらソラが尋ねる。

「助かる方法はないのですか？」

「ソラ……方法は……」

僕はあることを思い出す。

ナイアードの遺跡を出る直前、ユノが言いかけていたことがあった。僕はユノに視線を送る。

「方法はある。一つだけじゃがな」

「本当ですか!?」

ソラが思わずといった感じでユノに迫る。

「うむ。ワシら神祖には、生き物を眷属《けんぞく》にする力があるのじゃ。その力を使い、ウィルをワシの眷属にすれば、寿命で死ぬことはなくなる」

「そ、それはつまり、ウィル様が神祖になるということですか？」

「正確には神祖ではない。神祖と人間の混ざりものといったところじゃな」

ユノが説明してくれた。

神祖に寿命の概念はない。その理由は、マナを生み出す力が備わっているから。常に新しいマナで肉体を作り変え続けているため、老いというものが存在しないのだ。

「じゃがリスクもある。眷属になることでワシと命が繋がる。もしもワシが死ねば眷属も死んでしまう。逆にワシが生きておるうちは、眷族も死ぬことが許されん。そして何より、二度と人間には戻れなくなるんじゃ」

ユノは僕に語りかける。まるで覚悟を問うように――

「主に永遠を生きる覚悟はあるか？」

「僕は……」

今日までの日々を思い返す。

楽しかったことや嬉しかったこと。辛いことや悲しいこともたくさんあった。でも、今では全てが愛《いと》おしく思える。

僕は生きたい。

生きて皆と一緒にいたい。

だから――

「たとえ人間でなくなっても、皆と一緒に生きたいんだ。皆が受け入れてくれるなら、僕は何にだってなるさ」

覚悟を口にして、皆の表情を確認する。

誰一人、異を唱える者はいない。考えていることはきっと一緒なのだろう。

代表してソラが言う。

「ウィル様と一緒にいられるだけで、私たちは幸せです」

「うん、僕も幸せだよ。ということで、お願いできるかな？　ユノ」

「うむ」

ユノは優しく微笑んでいた。

眷属になるには、契約の儀を行う必要があるらしい。ユノの指示で、僕とユノ以外の皆は部屋の外へ出て行く。

「何か準備するものはあるの？」

僕が尋ねると、ユノは首を横に振る。

「いいや、契約の儀といってもそう大したことはせん」

「そうなの？　皆を外に出したから、てっきり制約があるのかと思ったんだけど」

「制約はない。契約の儀は、ワシの血を主に飲ませるだけじゃ……口移しでな」

「血を……えっ、口移し？」

ユノは僕が寝ているベッドに乗り、顔を近づけてくる。

かすかに頬が赤くなっている。胸が重なり鼓動が伝わる。

「目を閉じろ」

「はい……」

ようやくわかった。彼女が皆を外へ出したのは、単に恥ずかしかったからだ。

唇が触れ合い、彼女の血が入り込んでくる。

全身が火照《ほて》って、高ぶって、湧き上がるような感覚が押し寄せる。

まさか、ファーストキスが血の味になるなんて、夢にも思わなかったよ。

こうして僕は、ユノの眷属になった。

皆と一緒にいられる未来を手に入れたのだ。

14　未来へ繋ぐエピローグ

未来は前へと続いている。そんな当たり前のことを、僕は身をもって実感した。大きすぎる力の代償を払い続け、なくなりかけていた命。繋いでくれたのは、大切な仲間たちだった。

神祖であるユノの眷属となった僕は、変わらず今も生き続けている。あの日から十年が経った今でも、僕らはこの街で暮らしていた。


朝の日差しが眩しい。眷属になってから、余計に太陽の光を強く感じるようになった。朝が苦手なユノの気持ちがわかった。といっても、彼女ほど日に弱いわけではなく、昼夜逆転の生活には至っていないけど。

「……もう朝か」

そろそろ起きよう。そう思ってゆっくりと布団に手をかけたとき、ドンドンドンと激しい足音が二つ、僕の部屋へ近づいてくる。

部屋の扉が勢いよく開いて、二つの影が僕の上に飛び乗ってきた。

「おっはよー」

「もう朝だぞー、起きろ、寝坊すけめ！」

「ちょっ、やめなさい二人とも！　もう起きてるから」

わんぱくな二人は僕の上で飛んだり跳ねたりを繰り返している。体重は軽いけど、朝からそんなに暴れられると、僕だって痛いんだぞ。多少強引に身体を起こす。

「はい、ここまで」

優しくベッドから二人を下ろし、僕も布団をどけて起き上がる。

窓の外を眺めながらググッと大きく背伸びをして、改めて二人に朝のあいさつをする。

「おはよう、ユミル、リルカ」

「「おはよう――パパ！」」

僕のことをパパと呼ぶ二人は、正真正銘僕の子供だ。

双子の兄がユミル。男の子ってこともあって、見た目は僕によく似ている。小さい頃の自分を見ているみたいだ。

妹のリルカは、どちらかというと母親似かな。薄い水色の髪なんて、彼女にそっくりだ。

「パパ早く！　ママが待ってるよ！」

「わかってるよ。着替えるから先に下りてて」

リルカに急かされ、僕は着替える。

「パパ遅いからボクが手伝ってあげるよ！」

「わたしも手伝うー」

ユミルに続いてリルカも僕の服に手を伸ばしていた。

ワイワイガヤガヤと騒がしい朝だ。いつも通りの日常にほっとする。

僕は二人に手伝いという名の邪魔をされながら何とか着替えて、一緒に食堂へ向かった。

二人の子供たちと手を繋ぎ食堂に入ると、テーブルには四人分の朝食が並べられていた。キッチンから一人の女性が出てきて、ユミルが元気よく手を上げて言う。

「ママァ、パパ連れてきたよ～」

「ええ、ありがとう二人とも」

彼女は二人の子供たちに優しく微笑みかけ、続けて僕を見る。

「おはよう、ウィル」

「うん。おはよう、ソラ」

ソラ――彼女が僕の妻であり、二人の子供たちの母親だ。僕たちは夫婦になって、子供を授かった。

髪が伸びて、随分と大人っぽくなったソラ。十年も経てば当然だけど、ずっと一緒にいると変化に疎《うと》くなってしまうな。

十年という月日の中で、僕たちの関係は大きく進展したよ。もっともそれは、僕たちに限った話ではないけどね。

「「いただきます！」」

「いただきます」

子供たちに続いて、僕も手を合わせて朝食を口に運ぶ。ソラが作ってくれるご飯はとても安心する味だ。これを食べると、今日も一日が始まったという気分になる。

「ごちそうさま！」

「早いな、ユミル。ちゃんと噛んで食べたか」

「うん！」

僕が尋ねると、ユミルは元気よく頷いた。

それからユミルは椅子からピョンと下りて、どこかへ出かける準備をし始めた。どこへ行くのかはわかっていたが、僕はあえて聞いてみる。

「どこか行くのかい？」

「うん！　イズチおじちゃんのところだよ！　また稽古をつけてもらうんだ」

やっぱりそうかと僕が納得していると、ソラが声をかける。

「日が沈むまでには帰ってくるのよ」

「わかってる！　いってきまあす！」

ユミルは元気よく家を飛び出していった。

僕らのいってらっしゃいは、たぶん聞こえていないだろう。僕とソラはやれやれといった具合に笑う。

「ユミルは相変わらずイズチが大好きだな」

「そうね。ウィルにそっくりだわ」

「えっ……さすがにあんな感じじゃなかったと思うけど」

僕とイズチって周りからどう見られているのかな。普通に親友ってだけだと思うのだが。

今度はリルカに今日の予定を聞いてみる。

「リルカは？」

「わたしはねぇ～内緒！」

「そうか、内緒か」

まあ、こちらもどこに行くのかは知っている。

いつも通りなら、ギランのいる工房だろう。

リルカは物作りに興味があるらしく、ギランのことを先生と呼んで色々教えてもらっているからな。何を作っているのかは、ギランも教えてくれないけど。

そんなことを考えていると、リルカに聞き返された。

「パパは？」

「僕かい？　僕は街をぐるっと見て回って、研究室で難しいお話をしてくるよ」

「難しいお話？」

首を傾げるリルカに、僕は笑って答える。

「うん。まあだから、今日はちょっと帰りが遅くなるかも」

僕は話しながら、チラッとソラに視線を送る。これだけで僕の意図を理解してくれたソラは、ニコッと微笑んで頷く。

昔は大人数で暮らしていたこの屋敷も、今では僕たち家族だけだ。だから、屋敷のことは全部ソラに任せてある。申し訳ないから手伝おうとしても、これは自分の仕事だからと譲らない。ソラは相変わらずだけど、おかげでとても助かっているよ。


朝食を終えた僕は、屋敷を出て街を散策する。先に出て行ったユミルの様子でも見に行こうと思い、僕は訓練場へ向かうことにした。

道中、街の景色に目を向ける。

この十年という長い時間で、本当に色々なことがあったな。

過去に戻って亜人種の謎と精霊の真実に触れたり、魔界からちびっこ魔王がやってきて、戦ったりもてなしたり。

その魔王が唐突にサトラに求婚したのだけど、そのとき僕は目が飛び出そうになったよ。サトラは結局その求婚を保留にしたけど、今では彼女も魔界にいる。

それから行き倒れの商人を助けたことをきっかけに、空飛ぶ船アルゴーが空飛ぶ商店に早変わり、なんてこともあった。

アルゴーは今も世界中を飛び回っているだろう。商人はちょっと頼りないけど、数字に強いシーナが一緒にいるからきっと大丈夫だ。

他にも僕のお見合い騒動などがあり、色々な出来事を経てソラと結婚したわけだが……そこは恥ずかしいし、思い出すと顔が熱くなる。

そんな昔話を思い返しながら、僕はユミルがいる訓練場に向かった。

「とりゃー！」

「おっ、いいぞ、その感じだ！」

やがてユミルの気合の入った声が響いてくる。

指導しているのはイズチだ。木剣を手にして、楽しそうに剣を受けている。

イズチはこちらに気付いて稽古を中断し、ユミルに何か伝えている様子だった。すると、ユミルが振り向く。

「あっ、パパ！」

ユミルが僕のところへてくてく歩いてきた。

「見に来てくれたの？」

「ああ、頑張ってるみたいだね」

「うん！」

僕はユミルの頭をなでてあげた。嬉しそうに、幸せそうになでられている顔を見ると、こっちまで嬉しくなって表情が綻《ほころ》ぶ。

「親馬鹿だな」

イズチがからかうように言ってくる。

「ははっ、イズチも子供を持てばそうなるよ」

「どうだか？」

「オレはなると思うけどな〜」

そう言って現れたのは、鬼族のトウヤだった。隣にはニーナとロトンがいる。二人とも成長して、特にロトンは子供っぽさがなくなり、女性らしさが際立っている。

「ウィル様、おっはよー」

ニーナが元気よく手を上げた。僕も笑顔でそれに返す。

「おはよう、ニーナ。ロトンとトウヤも」

「おう」

「おはようございます」

ロトンは手にタオルを持っていて、それをユミルとイズチに渡す。

ニーナとロトンは僕の屋敷でメイドとして働いていた。でも今は、二人ともこの訓練場を管理する警備部隊のお手伝いをしている。

「で、トウヤ？　俺が親馬鹿になるって根拠は？」

イズチがトウヤに尋ねた。

「ん？　そんなもんお前とウィルが似てるからに決まってるだろ」

「俺とウィルが……似てるか？」

そう言いながら、イズチはロトンを見る。ロトンはこくりと頷いてイズチに言う。

「似てると思いますよ」

「あたしも！　ウィル様と同じ匂いがするよ」

ニーナの野性的な勘もそう告げているらしい。当のイズチはあまり納得できていないようだが。

「まあ、子供なんて先の話だけどな」

イズチがこの話は終わりとばかりに息を吐いた。

しかし、トウヤはまだからかい足りないらしい。

「お前はその前に結婚しなきゃな～」

「うるさいぞ」

「へっ！　で、お前らはいつ結婚するんだ？」

ビクリと反応した二人。お前らとは、イズチとロトンのことを指している。ニーナはニヤニヤしながら二人を見つめ、トウヤは面白がって笑っている。

イズチは呆れたようにため息を吐いた。

「お前なぁ……またそうやってからかいやがって」

「いいじゃねぇかよ。どうせ周りにはバレてんだからさ。なぁ、ウィル」

「うん、まあね」

僕は笑って頷いた。

イズチとロトン。二人がそういう関係になっていることは、僕はもちろん、警備部隊の全員が知っている。

するると、ニーナがロトンに詰め寄った。

「あたしも気になるぅ！　ねぇねぇロトンちゃん、いつ結婚するの？」

「そ、それはまだ……内緒です」

ロトンは恥ずかしそうに俯いた。

「えぇ～教えてくれてもいいのに。あたしたちのときだって皆知ってたよ？」

「それはお前たちが堂々としすぎてるからだろ」

呆れ顔になるイズチ。対してトウヤとニーナは、仲睦《なかむつ》まじく腕を組んで見せびらかした。そう、なんとこの二人も結婚しているのだ。

二人はイチャイチャして、イズチとロトンを煽《あお》る。

「だって早く自慢したかったんだもん」

「式やら何やらは派手にやるもんだぜ。ちゃんと日取り決まったら教えろよな」

トウヤが日程の話をしたので、僕もイズチにお願いしておく。

「それは僕も知りたいな」

「ウィルまで……もうわかったから話題を変えてくれ」

照れるイズチなんて珍しい……くもないか。最近はよくこうなる。

「あっ！　そういえば昨日の夜にホロちゃんと話したよ」

「そうなのか？」

トウヤが聞き返すと、ニーナは頷く。

「うん！　魔道具通話って便利だよね～。王都からこーんなに離れてても話ができちゃうんだもん」

ニーナが語ったように、ホロウはこの街にいない。彼女は今、ウェストニカ王国の王都、つまり僕の生まれ故郷にいる。この街と王都はずっと離れているから、気軽に遊びに来ることはできない。だから定期的に、魔道具を使って連絡を取り合っているわけだ。

僕はニーナにホロウの近況を尋ねる。

「ホロウは元気そうだったかい？」

「うん！　とっても楽しそうだったよ。でも意外だよね～。ホロちゃんとあの人が……ふふっ、世の中何が起こるかわからないものですな～」

「おいニーナ、そのしゃべり方変だぞ」

「にゃにおー」

「こいつらまたイチャつき出したぞ」

わちゃわちゃするニーナとトウヤ。それを見ながら呆れるイズチと、その横で羨ましそうに見つめるロトン。ユミルは話題についていけなくてちょっぴり困惑ぎみだ。

何はともあれ、こういう光景を見ていると、平和が続いていることが実感できる。これこそ、僕が守っていくべきものだ。

すると、イズチが僕を見て言う。

「頑張れよ、ウィル」

イズチは真っ直ぐ僕を見つめる。トウヤも同じ視線を向けている。

この二人には、僕がこれから何をしようと考えているのかわかるんだ。そのリスクを知った上で、頑張れとエールを送ってくれている。

「うん、頑張るよ」

その期待に応えよう。僕は心の中で決意した。

訓練場をあとにした僕は、次なる目的地へ足を進める。

ギランのところに行こうかと思ったけど、リルカには内緒だから来ないで、と言われているのを思い出した。

気になるけど、怒られるのは嫌だし我慢しよう。

そうして向かったのは、街のシンボルになりつつある大樹だ。

転移装置を使って、最上階にある神社へ行く。

するとそこには、巫女服《みこふく》に身を包み、長くて綺麗な髪をなびかせた彼女がいた。

「ヒナタ」

「あれ？　その声はウィル！」

嬉しそうに振り向くヒナタ。リハビリをしていたなんて嘘みたいに元気よく駆け寄って来た。

「どうしてここに？」

不思議そうな顔をするヒナタに、僕は答える。

「ちょっと様子を見にね」

「私に会いに来てくれたの？　嬉しいなぁ」

ヒナタはにっこり笑ってそう言う。彼女は母のスメラギのあとを継いで、この大樹の代表となっている。

色々と忙しくしており、あまり大樹からも出てこられないので、こうして会いに来るといつも凄く喜んでくれる。

「忙しいかい？」

「うん、それなりにね。ウィルは？」

僕は笑って答える。

「僕はわりと暇してるよ」

「ふふっ、そうなんだ」

そうして小一時間くらい、僕らは他愛もない話で盛り上がった。何てことのない、でも大切な時間を過ごしたあと、僕は時計を見た。

「そろそろ戻るよ」

「うん、ありがとうウィル」

少し名残惜しそうに言うヒナタに、僕は明るく返す。

「ありがとうはこっちのセリフだよ。じゃあまた――」

その場を離れようとした僕の手を、ヒナタが握った。彼女は目を瞑り、祈るように僕の手をおでこに近づけている。

「ヒナタ？」

「大丈夫だよ」

「えっ？」

ヒナタは俯いたまま、言葉を継ぐ。

「ウィルが思い描く未来はちゃんとある。私の目が保証してあげる」

「ヒナタ……」

なるほど、未来視《みらいし》を持つヒナタはお見通しというわけか。でも、お墨付きをもらえたってことは、本当に大丈夫なんだろうね。不安が消えて、今はとても清々しい気分だよ。

僕はもう一度、ヒナタに言う。

「ありがとう、ヒナタ」

ぐるっと街を巡って正午前。

僕は屋敷に戻り、そのまま地下の研究室に向かった。慣れ親しんだ暗い階段も、今日ばかりは新鮮に感じる。きっと気持ちが高ぶっているせいだろう。

ガチャリと扉を開け、中で待っていた彼女に声をかける。

「お待たせ、ユノ」

「遅い！　待ちくたびれたぞ」

ユノは大層ご立腹のようだ。

「あはは、ごめんごめん。ちょっと寄り道をしていたんだ」

「知っておるわ。今から準備するから少し待っておれ」

「うん」

僕は近くの椅子に座って、せっせと動き回るユノをじっと見つめる。その視線に気付いたユノが、ピタリと立ち止まる。

「何じゃ？」

「ううん、特に何も」

「嘘が下手じゃな。何か言いたいことでもあるんじゃろ」

僕は苦笑しながら答える。

「別にないよ。ただ、ユノは変わらないなぁーって思っていただけさ」

僕がそう言うと、ユノは呆れたようにため息を漏らす。

「当たり前じゃろ。ワシは神祖じゃ、年は取らんし見た目も変わらん」

ユノの外見は十年前と変わらない。

それからこの研究室も。周囲が目まぐるしく変わっていく中、ずっと変わらない場所であり、僕は落ち着きを感じている。

「変わっていないのは主もじゃろ」

「そうかな？　少しは変わっていると思うけど」

僕は自分の身体を見下ろす。

「ほんの少しじゃ。人間の変化としては僅かなものじゃ」

「ははは、仕方ないさ。それに今の僕を人間と呼ぶのは難しいよ」

十年前のあの日、僕の命を救うために施された儀式。それによって僕の身体は、ユノに近いものに造り変わった。ユノが生きている限り死なないし、人間のように老いもない。

不老となった僕は、街や人々の変化から外れている。でも、それを寂しいと思ったことは、実はあまりない。きっと、僕の周囲の人たちが底抜けに明るくて優しいからだ。

「準備はできたぞ」

「うん、じゃあ出発しようか」

僕は立ち上がる。ユノはそんな僕を見つめながら、真剣な表情で尋ねる。

「今さらじゃが、今日で良いのじゃな？」

「今さらだね。良いに決まってるよ。お墨付きはもらったし、ユノだって大丈夫だと思っているんだろう？」

「まあ、そうじゃな」

頷くユノに、僕は続ける。

「だったら今日が良い。いや、本当はいつでも良いんだろうけどさ」

まるで今日が最後みたいな言い方になってしまう。そんなことは全然ない。少なくとも僕たちは、そう確信しているわけで。

「先にナイアードのところだよね」

「そうじゃな」

僕らは研究室を一緒に出る。

向かった先は言葉通り、ナイアードのところだ。と言っても、フォールグランドの湖の部屋ではなく、この街の中。

過去への時間旅行を経て、彼女はこの街の一員となったのだ。湖をモチーフにした庭園と、その中央に建てられた白い建物にナイアードはいる。

「こんにちは」

「ウィリアムさん、ユノさん……お待ちしておりました」

ナイアードの外見も最初に会った頃と変わっていない。成長した精霊は、見た目を自分の意思で自由に変化させられるとか。

とまあ、そんなことはどうでもいいので、僕たちは本題に入る。

「今から行こうと思っているんです」

僕はナイアードに告げると、彼女は困惑ぎみに尋ねてくる。

「わかっております。ですがなぜこちらに？　私にわかることは、全てお話ししましたが……」

「ただのあいさつじゃよ。そなたにも関係の深いことじゃからな」

ユノが理由を説明した。

「そう……ですね」

ナイアードは目を伏せたあと顔を上げ、そのまま僕を見る。

「ウィリアムさん、概念魔法はとても危険な力です」

僕は頷いて、話の先を促す。

「……確かに、あなたが変えようとしている理であれば、精霊が消えたときのような悲しい結末にはならないでしょう。ですが、確実というわけではありません。それでも……世界を変える覚悟はあるのですね？」

「はい。たぶん、そのために僕は生まれてきたんだと思いますから」

概念魔法。

かつて精霊たちが発動した大魔法。

世界の理を変えてしまえる力。

それを使って新しい生命を願った精霊と人間は、大きな代償を支払った。

僕は……僕らはその経緯を、結末を知っている。ナイアードの話や数年前の時間旅行で、自らの目で見て、耳で聞いて、心で考えたのだから。

それでも僕は、かつての精霊と人間と同じように概念魔法に挑もうとしている。全ては皆の、世界の幸せを守り続けるために。

「ならばこれ以上言うことはありません。どうか、ご無事で」

ナイアードは深々と頭を下げた。それに応えるように、僕も礼儀正しく、精一杯の感謝を込めてお辞儀をする。

これで一通りの顔合わせ、確認は終わった。あとは出発するだけだ。

移動用の扉へ向かった僕たちを、一人の女性が待っていた。

「ソラ？」

ソラは僕を見ると、優しく微笑みかけてくる。僕は彼女に歩み寄る。ユノは一歩下がったところで立ち止まって、僕たちを見守る。

「出発するのね」

「うん」

僕が頷くと、ソラは優しい表情のまま言う。

「いよいよ、あなたの集大成という感じかしら？」

「ははっ、そうかもね」

ソラには全てを伝えてある。僕が望んでいること。そのために必要なこと。これから何をしに行くのかも。

リスクを承知の上で、彼女は僕を止めなかった。

「夕飯までには帰って来られそう？」

「どうだろ？　ちょっと遅れるかもしれないな」

僕はちょっとおどけて答えた。ソラもそれに乗ってくれる。

「そう。あんまり遅くなりそうなら先に連絡してね」

「うん」

何の変哲もない会話だ。他人が聞いたら、これから世界の理を変えに行くとは思わないだろう。

でも、だからこそソラは普段通りに振る舞っているのだと思う。僕が帰ってくるのは、彼女にとって当たり前のことだから。

「ウィル」

ソラにちょいちょいと手招きされ、僕は顔を近づけた。

すると――


チュッ。


僕の頬に、柔らかな唇が触れた。

「頬なんだ」

僕がわざと残念そうな声で言うと、ソラはふふっと笑って返す。

「ええ。続きは帰ってきてから」

「そうか。だったら、なるべく早く帰るよ」

予約というわけか。あとはいってらっしゃいの意味も込められているのかも。

そうして、僕とユノは扉を潜った。

ユノの扉はフォールグランドの中心にある湖に繋がっている。以前は霧がかかっていたが、ナイアードが移住した影響で、今ではくっきりと晴れている。視界は良好で中央の遺跡もそこへ続く道もはっきりしている。

僕らは遺跡に向かって歩いていく。

この世界は変わろうとしている。亜人種に対する重く悲しい偏見も、時間と労力をかけて、徐々に緩和されてきた。

ホロウが王都にいることや、シーナがアルゴーで世界中を回っていることがその証拠。

誰だって、争いたくて争うわけじゃない。皆の中にある小さな善意が、少しずつだけど、世界を変えようとしているのだ。

とはいえ、まだ足りない。

世界は僕らが想像する以上に広くて大きい。ウェストニカ王国を中心に進められている亜人種共生運動も、ようやく大陸の四分の一まで広がったところだ。

語り継がれ、目で見て確かめて、ようやく納得してもらえる。それでも、僅かに遺恨は残ってしまう。

争った過去が、蔑まれた怒りが胸の奥にあるのだから当然だ。それをなくすことはできない。ただ一つの方法を除いて。

「概念魔法で、世界における亜人種の認識を変える。この変革が叶えば、世界から亜人種への偏見や差別はなくなるはずだ」

「じゃな」

僕の独り言のような呟きに、ユノははっきり頷いた。

僕らは理想を実現するため、この湖の遺跡へ足を運んだ。全てが終わり、始まってしまった場所。

ここには当時から、概念魔法の術式が残されている。

ナイアードと出会った部屋の床には、概念魔法発動に必要な術式が刻まれ、あとは魔力を流し込むだけになっている。

概念魔法に関する記述を探していた僕たちは、ナイアードからそれを聞いて肩の力が抜けたよ。

「久しぶりだね。ここに来るのは」

「そうじゃな。過去から戻った日以来か？」

僕は記憶を確かめるように眉間に手を当てる。

「だと思う。ナイアードが街に来てからは、ここへ来る必要もなくなったしね」

懐かしいな……初めて彼女と出会ったときに、知りたかった亜人種の真実を知り、知りたくなかった僕自身のことを知った。嬉しさと悲しさが同時に押し寄せたことを、今でも覚えている。

「概念魔法のリスクを回避する手段……それは発動者が生きた証を世界に残すこと。子供を作れと言われたときの主の反応は、今思い返しても面白かったのう」

クスクスと笑い出すユノ。

「わ、笑わないでもらえるかな。あのときはほら、まだ若かったから」

「そうじゃな。子供など全く考えてなかったようじゃが」

そう言って、ユノはニヤッと僕を見つめる。何を考えているのかなんて、彼女が口に出す前にわかった。

「そんな主が人の親になるとはのう。何が起こるかわからんものじゃ」

「それは……僕も同感だけどさ」

子供を育てる大変さは、親になって味わってみれば想像以上だ。僕の両親も、こんな風に育ててくれたのかな。大人になってようやく、子を持つ親の気持ちを理解したよ。まあ僕の家はそれだけで収まらなかったけどさ。

今日までの全てが、今の僕を作っている。そう思うと、辛い思い出も必要だったのだと思えるから、不思議なものだ。

「さてと、そろそろ始めよう。あまり遅くなると、妻と子供を待たせてしまうからね」

「ふんっ、全く惚気おって」

ちょっぴり不機嫌になるユノだけど、すぐ嬉しそうに笑っていた。これから実行することの規模にしては、緊張の欠片もないな。でも、そのほうが僕らしいか。

「ユミルとリルカ。二人の子は、主を繋ぎ留めてくれるかのう」

「大丈夫だよ。二人だけじゃない。ソラやヒナタ、皆の中に僕はいる」

自分で言うのは恥ずかしいけど、僕は今日まで、色々な人たちと絆を結んできた。皆の記憶に、思い出に僕はいるはずだ。それなら、世界の認識を変えるくらい、どうってことないだろう。未来が見える巫女様に、お墨付きをもらえたことだし。

それに――

「僕にはユノもいるからね」

「そうじゃな」

僕とユノは、血の契約という見えない糸で繋がっている。子供とは違うけど、彼女と僕の魂は手を取り合い、一部が混ざり合っている。考え方によっては、子供よりも存在の証明になり得るだろう。

「中央に立ち、あとは魔力を注ぎ込んで願うだけじゃ」

「わかった」

僕は魔法陣の中央に移動して、両手を合わせて魔力を込める。すると、床に刻まれた陣が赤く光り出し、僕を包み込むほど大きくなる。

なんて強大な力なのだろう。世界の理すら変えてしまう力。その重みと意味を、僕はもう一度噛みしめていた。

後悔はない。

あとに続くのは、幸せな未来だと信じているから。

この先も変わらない未来のため、僕は世界を変えてやる。

さぁ、唱えろ。

「【概念魔法】――ウィルドロゴス」

†

遠い未来。

千年、あるいは幾万年先まで、語り継がれる伝説がある。

人として生を受けながら、人であることを捨て、人々を正しく導いてきた偉大な者がいる。

彼ともう一人は世界を巡っている。新たに生まれた命や種族に共存の道を示し、再会を約束して去っていく。その旅に終わりはない。彼らの一生にも終わりはない。ただひたすら、幸福な未来を守るために旅を続けた。

彼らに救われた命は多くある。だが、その行いは常人には理解し難いものでもあった。彼らが守る幸福の中に、彼ら自身は含まれていないように思える。それでも彼らは、笑ってこう言うのだ。

「皆が幸せそうに笑っている。それが僕らにとって幸せなんだ」

「ワシらはもう……十分幸せをもらっておる」

人々は首を傾げた。彼らは見返りを望まない。顔も知らない他人の幸せを、心の底からいつくしみ、尊いと感じている。

これは、そんな変わり者がいたというお話だ。

月が導く異世界道中
Tsukiga Michibiku Isekai Dochu
あずみ圭
Azumi Kei
1~15
8.5
シリーズ累計
140万部の
超人気作!
(電子含む)
2021年
TVアニメ化!
CV 深澄 真:花江夏樹
巴:佐倉綾音 澪:鬼頭明里
監督:石平信司 アニメーション制作:C2C
異世界へと召喚された平凡な高校生、深澄真。彼は女神に「顔が不細工」と罵られ、問答無用で最果ての荒野に飛ばされてしまう。人の温もりを求めて彷徨う真だが、仲間になった美女達は、元竜と元蜘蛛!? とことん不運、されどチートな真の異世界珍道中が始まった!
薄幸系男子の成り上がりファンタジー、開幕!
なんてだろう親の都合で異世界へ
読者賞受賞作!
待望の書籍化!
●各定価:本体1200円+税
●illustration:マツモトミツアキ
1~15巻 好評発売中!
コミックス
1~8巻
好評発売中!
とことん不運、されどチート!!
29万部
漫画:木野コトラ
●各定価:本体680+税 ●B6判

一生に一度スキルを授かれる儀式で、自分の命を他人に渡せる「生命譲渡《サクリファイス》」という微妙なスキルを授かってしまった青年ユーリ。そんな彼は直後に女性が命を落とす場面に遭遇し、放っておけずに「生命譲渡《サクリファイス》」を発動した。あっけなく生涯を終えたかに思われたが……なんとその女性の正体は神様の娘。神様は娘を救ったお礼にユーリを生き返らせ、おまけに毎月倍々で経験値を与えることにした。思わぬ幸運から第二の人生を歩み始めたユーリは、際限なく得られるようになった経験値であらゆるスキルを獲得しまくり、のんびりと最強になっていく——!

◉定価:本体1200円+税　◉ISBN 978-4-434-28127-3

◉Illustration:中西達哉

うだつのあがらない青年レンは、突然異世界に勇者として召喚される。しかしすぐに人違いだと判明し、スキルも無いと言われて王城から追放されてしまった。やむなく掃除の仕事で日銭を稼ぐ中、レンはなんと製作・入手したものが何でも上位互換されるという、とんでもない隠しスキルを発見する。それを活かして街の困りごとを解決し、鍛冶や採集を楽しむレン。やがて王城の者達が原因で街からは追われてしまうものの、ギルドの受付係や元衛兵、弓使いの少女といった個性豊かな仲間達を得て、レンの気ままな人助けの旅が始まるのだった。

◆各定価:本体1200円+税　◆Illustration:にじまあるく

この作品に対する皆様のご意見・ご感想をお待ちしております。
おハガキ・お手紙は以下の宛先にお送りください。

【宛先】
〒150-6008 東京都渋谷区恵比寿4-20-3 恵比寿ｶﾞｰﾃﾞﾝﾌﾟﾚｲｽﾀﾜｰ8F
（株）アルファポリス　書籍感想係

メールフォームでのご意見・ご感想は右のＱＲコードから、
あるいは以下のワードで検索をかけてください。

アルファポリス　書籍の感想　検索

ご感想はこちらから

本書は、「アルファポリス」（https://www.alphapolis.co.jp/）に掲載されていたものを、
改題・加筆・改稿のうえ書籍化したものです。

変《か》わり者《もの》と呼《よ》ばれた貴族《きぞく》は、辺境《へんきょう》で自由《じゆう》に生きていきます3

塩分不足（えんぶんぶそく）

2020年 11月 30日初版発行

編集－今井太一・芦田尚・宮坂剛
編集長－太田鉄平
発行者－梶本雄介
発行所－株式会社アルファポリス
〒150-6008 東京都渋谷区恵比寿4-20-3 恵比寿ｶﾞｰﾃﾞﾝﾌﾟﾚｲｽﾀﾜｰ8F
TEL 03-6277-1601（営業） 03-6277-1602（編集）
URL https://www.alphapolis.co.jp/
発売元－株式会社星雲社（共同出版社・流通責任出版社）
〒112-0005東京都文京区水道1-3-30
TEL 03-3868-3275
装丁・本文イラスト－riritto
装丁デザイン－AFTERGLOW
印刷－図書印刷株式会社

価格はカバーに表示されてあります。
落丁乱丁の場合はアルファポリスまでご連絡ください。
送料は小社負担でお取り替えします。

ISBN978-4-434-28135-8 C0093